JÛTENYA

Sînan SÛTPAK

AramŞîîre

Sînan Sûtpak

Serra 1961 de dewa Tilê ke girêdayê Sêwrega Rihaye de ameyo dinya. Dibistana seretayî dewa xo de wendo. Serra 1979 de zewijyayo û 3 domanê ci estî. Doza PKKe ser serra 1993 de yeno tepiştiş û cezayê muebbetî ci rê yeno dayîş. Zîndanê Semsûr, Bursa û Elbîstanî de mendo. Hema zî Zîndanê Elbîstanî maneno. Xeylê kovar, rojname û keyepelan de nuşteyê ci yê ke bi zarawayê kurmanckî û kirmanckî ameyî çapkerdiş. Pêroyî de şiîr, estanik û nuşteyan nuseno. Sey pirtuk, no pirtuk berê ci yê yewin o.

aram

Jûtenya

Sînan SÛTPAK

AramŞîîre

Edîtor: Mehmet ÇAKMAK

Herfrêzî û Redaksîyon: Emrah KELEKÇÎER

Mîzanpaj û Tesewurê Qapaxî: Newal BULUT

Çap 1: Gulane 2016

Çap û Qapax:
Gün Matbaacılık
Reklam Film Basım Yayın San. Tic. Ltd. Şti.
Beşyol Mah. Akasya Sok. No: 23/A
Küçükçekmece-İstanbul ***Tel:*** 0 (212) 580 63 81

ISBN: 978 - 605 - 9237 - 81 - 9

Aram Basım Reklam ve Yayıncılık
Huzurevleri Mah. Sıtkı Göral Cad. Kurdi-Der Binası Kat3/3
Kayapınar / Diyarbakır ***Tel:*** 0 (412) 238 30 71

email: info@aramyayinevi.com
www.aramyayinevi.com

Tedeyî

EY MÊJÛ

-I-

Govenda serwextbîyayene de
Bîya hesmetkarê to
Damaranê mi de dejê serebûtan
yê to ra mendeyî
Û lîlikê cuya merdimeyî
Min vîrar de qundaxê kozê adirê mazêre
Pa ravêrdeyî amoj kena.
Senîneya veşnayena dejan
Goştê pencûrikan
Yê bi sînoranê dagirkerdeya mendeyî
Teliyê têlanê sînoran a
Leteyê cigeranê dayîkan

-II-

Sînorê mayînkerdeyî kariteya netewdewlete
Sînoranê parçeyî yê gananê veşatan.
Benê ziwanê ziwanardena bêziwan verdayê.
Ez dirbetin a dirbetin
Dirbetinê xinçêranê zengarênan
Serê zerrîya min de şemşêrê gonênî
Damaranê min de dalpeyê îniyanê
serehewadeyanan ra
Ê dalpeyî zerriyanê dayikan ra,
Keseranê pî û kalikan ra zênê
Wesarê omidî de leyanê heyfgirotene aw danê
Û destê min de destmala sergovende

-III-

Ti bedenê min o lete û barakerde de
dara çinayêre
Bi destê homayanê tarîyeyî û fekşorbeyanê cîya
Miyane de şikitê.
Her perê to de nexşeraya obetên
Her perê to de serebûtê tîtiknaye.
Îniyê vîrardenan de de gormeste,
Îniyê hêrsan sûr zêno.

-IV-

Rêzikanê mêjûya to de
Renga vatenan û kerdenanê xosereyî
Debarê girdkerdena sînayene ey kariteyî.
Azmênê omidî ya istareyê cu bergenê
Ravêrdeyiya min de çalê/hendeqê çinêbiyaye kerdene
Ravêrdeya min de,
Ravêrdeyiya min de
terteleyê qewmî, cesedê pitikan korbîrî.
Vagonanê trênanê sirgunkerdene de
Nalina teyşaneyi û veyşaneyi mîyan de
Omid bar keno, xeyma xo koyana akeno
û vilikanê cu aw dano

-V-

Perê to yê bi destanê xincikinênana
xêzkerdeyi de
Bi destanê qebarênana
Ray û rêça amyayene aşanenime
ey estanika seydwanan

Boxçaya to de
Rewakerdena mexsedanê leyminan ey mêjû
Kendalê bêbexteyî mezgan de gonî qesnenê.
Eki ez nêşa ariqê xo bikera mirazê sînayena to
Û nêşa birijna riçeyê to, dara çinayêre ro
Mêjûya to do çîrokanê seydwanan ra degrotê bo.

-VI-

Ez do mezgê xo bikera kendoxê to
Bi cehdê xoya to asle kera
Û posteyê ganê xoya asleyê to bimûna
Ziwanê min şimûndî
Bi dalpeyanê ariq û goniya fîraza
Leyanê to şimitena zûrayi ra bireyna.
Û biresna wesarê Kurdistanî
Her wesar de toximê Newrozên
Her toxim de "xo ver ro dayene cuyena"
Veber xosereyî.
Ti do xoserî û xoca/ Akinci biciwiyê
ey mêjûya dilaşt û zûrayî kerdê.
Bi deste homayanê netewdewletan.

2013

KULÎNE

-I-

Tozê binê kulîne de boya ariqê hewt piyan.
Bi dejanê bêpemitenana anişte yo.
Tozê binê kulîne de arduyê adirê koyan
Wela kozê cuya xosereyî ra
Leteyê axînan yê bi serebûtana awdayeyî

Zerrîyan de wareyê şebateyî
Zerriyan de dirbetê mendeyî
Mezgan de pûngalê dejê veşnayenan
Ver esteyî helêyenê

-II-

Tozê bin dê kulîne
Ariqê çaredê hewt piyan ra,
Apêdayena kariteyî kakilê cuya cematkî
Bi dejanê ravêrdeyî û barê amyayena
Raya paştiyan/miyaneyanê mezbûtan paweno.
Tozê binê kulîne kariteyo hayrante
Ziwanê qirṇê neweyî ser o çêjîstan
Ziwanê qirnê qirnê neweyî ser o barbirîstan
Vejenê cehdê bêhemtayî û pûngalistanê
Mêjûya serehewadayene ra
Şêligê koyan rê debarîstanê
Riçeyê dara neolîtîkî ra.

-III-

Tozê bin dê kulîne
Peynameyê ci nameyê miyan de nimite
Bi ziwanê dayika alawite
Û bi şitê dayike de agoznaye
Alawitox û şimitoxi rê awa fîraze.

WÊNESAZ

Na wele sero terteleyan mezgî teqnayî
Na herre sero serebûtan miyaneyi şikitî
No ware de herûna varanê bereketênî de
Dalpeyê goniya pitikan ra,
Fekê xinçêrî û sunguyan ra rêj bî
rîpelanê mêjû ro.
Cu sûrlaya na wele sero, cu gormestine.
Wênesaz!
Rengê to yê ki nê obetan bimojnê estê?

2013
ELBÎSTAN

HAYDERÊ

Hayderê embaz hayderê.
Qalûçan bigirê ray kewê
Kefan dekerê engistan
Paştî bidê pê xo jew kerê
Xele bi dara mendo
Wextê palê ravêrdo
Vernî zimistan û pûk o
Hayderê bira hayderê
Hayderê wayê hayderê
Rençberno şima zî hayderê.

10.11.2013
ELBÎSTAN

DESTHILATDARÎ

Nimitena raşteyan, dimlaşkerdena kariteyan ser o
Zilmê xo cunena.
Erjanê şaran rê wextê nimite verdayî
Kena wexto vînîkerde û korbiranê aloziyan bêbin aşanena.
Tede leym û lêsê mexsedê xincikinênî
Pêro dej, tepiya o dej parzûnê zerrî ra xo dano mezg
Awa ayreyê mezgî de xolincî
Ma o ayre do senîn bi xozayî bigirweyo?

14 Tebaxe 2011

"MORGÊ NETEWÎ" VERO VAJIYAYENA DAYIKÊN BOKA HEWN BO KAVIRÊ MIN

-I-

Bi dejêna ameya
Dejê xebera cibiyayena tîkeyên
Ya zerriya veşatê ra, estora sereveradayê.
Her game de birê zerrî xo roterdêne
Her nefes de zerrî xo roncenayê
Û xo bi xo min vatê; "boka hewn bo kavirê min"
Min waştê kî xebera siya ya gulîzera xo de
serwext ba
Min waştê kî kardiyak e
Zerrî de bêwext denişyaya aş kera.
Min waştê ki kakila dendika cu
Ya zerrî da xo bivîna
Ez şiyêne û min homayê xo rê
duayî kerdê
Boka hewn bo kavira min.
Min waştê ki gileyanê zerya da xo,
Yê ki min bi destanê xoya şane kerdîbî
Mûndîbî û bi muya porê xoya girêdayi bî
Bi o tewra rêwî kerdibî, bivîna
Newedera, fina...

-II-

Min waştibi ki dirbetanê ci bivîna, bivilêna.
Helekeya ci bi dejê zerriya alawa
Porê ci, apêdayene û debarê zerrî boy kerd
Gulizeran newedera, bi şanaziya keynaya
têkoşera
Û bi awa îniyanê arîşenî ya
Newedera hene kera.
Bi engiştanê qebarênana porê zerdî şane kerd
Min waşt ki ê ganê tikaya zerrî da xo ra
Bi awa zerriya xoya bişiwa
Leym û lêsê destanê zebeniyan ra pak kera
Û newedera quliyanê zerdan bimûna, nêverda.
Min waşt ki ê mirêzê tikaya zerriya xo ra mûndiya arişenî viraza
Û pa zerriyanê neweresayan bimûna
Pitiki bi a şideya girdî bê
Û bibê temînatê netewî.

-III-

Min waşt ki zerriya xo ya tenike
Bi mûndiya dejê aye ya girêda
Herûna aye de ez biba rêwî
Ya raya bêpeynî
Min waşt ki ê gileyanê herîrênan
Yê ki min hêgayê zerriya xo ra çinayî bî
Û bi o qotika karitibî finakî dekera xo lepan
Lewi pa na, xo çareya na, xo rî sawa
Zey dê teberîka.
Dejê muyanê anteyan û porê avordeyî

Xo zerrî de bikera, baya ci debarê pişike
Bikera pêlê royê Firatî
Û pa ayreyê cuya xo bigirwêna
Zey dê kitabê Firazî lew pa na
Û xo serî ser na... Nêverda.

-IV-

Min waşt ki tikaya zerriya xo û embazanê ci
Tikeyanê zerriya dayikan, erjanê netewî
Yê "Morgê netewî" de, bi tewrê cilanê netewî
Û bi çinayo gonêniya bivîna.
Cilê gonênî mijdiyaniya xelasî
Zey dê teberika xo rî sawa, firaz kera
Boya gonî û ariqê delaliyan birijna xo zerrî ro
Bikera qidûmê xo ver ro dayene... Nêverda.

-V-

Starêyê zerriya min de cayê înan.
Tikeyanê zerriya dayikan jew o.
Ziwanê mi sero nameyê şideya înan
Û zerya da mi jew o, efsûnê o, firaz o.
Gilîyanê çimanê min de resmê înan jew o,
cehd o, rencê xosereyî mûndo si bi siya koyan ro.
Min waşt ke înan ray û resma firazeyi de bivîna.
Vinayena înan dermanê dirbete ya nêcebiryayê.
Min waşt ki ariqê çareyê înan a tozê anişteyî
Û gonîya wişkbîyayê
Zey dê ayetanê firazan a
Pistinê xo de bisitarna

Min waşt ki leym û lêsê destanê girêjan
Yê ki min rijnayêne xo seri ro ya bişiwa
Û bi lewanê xoya gananê nazikan ra
Leymê xerîbî, şopanê destanê biyanan bestera
Nêverda

-VI-

Min waştênê kî bi ziwanê xoya
Toz û boya çekanê kîmyewî
Gananê nazikan ra bestera
Û bi risiyayeya merdimanê bêvengan a
biname kera.
Min waştê ki jew bi jew lew inan çareya na
Û ci rê vaja "şima rê oxir bo, raya şima
Akerde bo kavrekên min"
Cayê şima cinet bo werdekên min
Oxirê şima akerdebo istareyê şewan.
Yê ki welatê mi sero tarî de verdeyayê.
Şima rê oxir bo çileyê netewî yê raya heqîqete.
Şima rê oxir bo aşmiyê pancêsî... Nêverda.

-VII-

Ferqê înan çiniyo. Pûngalê kezeba min de
Pêro domanê minê. Keynaya min gulizera min
Domana ê dayîkan a.
Ê, leteyê zerriyan domanê min ê, ez dayika înan
Dejê înan hemine zey cuyêna awankerdê
Tenûra heme dayîkan de piya peyşenê
Hetanî ke roja ci biro, rojê ci akewo.
Ma dayikan, morgi vero bi rojana pawit.
Resmê kêberê morgi ma mezg ro tîtikneya
Pawitena sereberze û rîsipê de
Sebri sî teqnê, la înan nêvda.

-VIII-

Zebeniyanê ki morgi vero destûr nêda
Mezgêno ki barê ci neberdeyi bo
Kerdenê ci vilikê zûrayi akenê.
Înan zebeniyan yê ki morgi vero
Bi ma dayikana qirfê xokerdî.
Qey ti vanê mayê înan çiniyê.
Qey ti vanê ê do nêbê pî/bab
Qey ti vanê zûrret do pro wişk bo
Înan merdimeyî ra misqalên pay nêgiroteyan
Bi ma dayikana qirfi kerdêne
Mêjû do kamcîn riya
Nê dejê zerrî çimanê ma dayikan ra
biwano?

Mêjû bi kamcîn riya biewniyo riyê ma dayikan ra?
Ma, dayikê kî
Meyitê tikeyanê zerriya xo ser o
Pa qirfî ameyê kerdene

02.11.2011

ŞEBATYAR

Pêlê vayî vengên anê, kerrikan de dej.
Veng bi giraneya vinîkerdenana degrote.
Vînayenan de dimenê şebateyo bêhemtayî
Mezgan de pirpilikê adirênî cuyênê
Pêlanê firteneyê xoserî miyan ra vengên,
Qîjiya dayikên, vinikerdena cuyên cenena,
Dejê tikeyêna zerrî mezgan de karena
Veng beno hîris û panc gulvangî
Hîris û panc nefesî dejê dayikên de benê qîjî
Înî peysenê, layî/royi peyanver zênê qanûnê xoza ro
Zerriya cu ayreyê xo betal kena.
Zerrî hîris û panc pêxirtengeyan de veng beno berz,
vewrêsî qilaneno, axirdew
Hîris û panc hiwateyan, xafilbelayê xo bin de
Verdano
Hiwateyê ki geliyê Qazane de çekanê kimyewî ya
Awe ayreyê cuya ci sero peysneyayî
Vengên yeno, bi gumanana degrote
Wareyê zerriyanê dayikan de zerzele
Tersê ci ver dayikî domananê xo kewna kenê
Erd linganê dayikan nêragêno
Ayam tewqa sûre
Ziwanê dayikan sero hawar zerriyan de şebatyar.

25.10.2011
ELBÎSTAN

CEMSER

-I-

Fina pêlê vayî, fina xewf, fina dej
esteyan de dano tever
Hiziro hissên kewno vayê xafilbelayan ver.
Çiman de gilê cemidênê,
Damaran de gonî qesêna.
Ziwanî ser o vatenî çengizênê
Vengê fir û teyareyan
Û vengê qehpikan beno têmiyan
Zerrî ser o giraneyi kureyê adirê Hedadî
Jehr beno mirazê omidî.

-II-

Fina pêlê vayî, fina firteneyî
Koyanê zerriyanê dayikan de va û vater
Stareyê zerriyan de Beranî danê pê ro
kerreyî leyrî benê.
Bombeyê bêhedî teqenê, hissi qeşa gênê
Ayamo afsûnên de hewrî nêwetanê bigurê
Torzileyê tarî de verdayene vareno vînayi ro.
Asaneyi rût û repal
Qaxuyê delaliyanê dayikan zerriyan de xeyma siya.
Ayam gireyo kor û sêneyê dayikan de anişte.
Bi vengê teyaranê bombardûmanî ya
Qisawet defîneyêno mezganê dayikan
Waştêkî nefesê xo xo tepşenê, nebzî vindenê

Desti vera azmên akerdeyî
Ziwanî ser o wesfê homayî
Tersê belafiranê Heronan çilkê ariqê honikî
Zerriyan de cemser.

15.10.2011
ELBÎSTAN

PAYIZ

Payiz o.
Vayo wişkserd û dara qore têşaneyêna
Perê dare xo ver ro danê
Wext pro ravêrde, cehd beyhûde, rîçeyî helisyayeyî.
Kokê dare mêjuya zulmî miyan de kewrine giroto
Payiz o.
Adirê xosereyî vizikneno, dare kok ra têşaneyêna.
Rîçeyî erdî nêtepşenê
Per bi per kewna vayê xosereyî ver.
Payîz o.
Payizê dara statukoparêze.
Rojakewtena miyanên de wesar
Vilikî bi renganê şarana akenê
Ayam dendikanê xosereyi teqneno
Mîrê amyayene şaran rê keno mîraz
Wa destê gonênî nêdekewê nê mîrî miyan
Engiştê leyminî zî...
Ki ayam nêenglêsiyo
Xosereyi bi renga netewa demokratîk a.

14 Tebaxe 2011

DAPÎRÎ

Hiwatena dapîran sinayena torinan.
Hiwatena dapîran de vîrardene.
Şewqê aşmiyan de hiwatena tim û timêne.
Estareyan de rencê xodawendan berqeno
Hiwatena dapîran de omidê amyayene.
Ehdê înan de sinayenê qirmuçikyayeyî.
Ehdê înan de kilîtê berî/ keberî
Wişkserdan de germeyî
Wişkeserran de varano bereketên
Leyê neweyî resenê, tijiya rojî ra ekil ancenê
Benê mirazê dapîran
Hiwateyê dapîran gonî bi awa şiwenê.

15 Tebaxe 2011

PÎROZEYÎ/ FIRAZEYÎ

Awa îniyanê Zagrosî
Bi keda xodawendan a
Şitl û şaxê cu awdayî, hewna awdanê
Keda pîroze herre û awe kerda firaz
Welat û adir fîraz.
Ayam firaz o bi têkoşîna
Cu firaza bi xover ro dayena.

2013

SEBEB

Rîpelêno zimistanên de hilmêno germ
Dirbetanê bênameyan cebirneno.
Bêsebeb perr dare ra nêkewno,
Xoza xo newe nêkena
Dejo bêsebeb çiniyo
Halênê hissan de dirbetê keserênî
Û ... bêsebeb niyê.

16 Tebaxe 2011

ÇILAYA WAŞTENAN

Min mezg de acivistê çilaya waştenan.
Mi seri de abiyayê gula sinayenan
Ziwanê mi ser o biyayê viyariya waştêkan
Cuya letekerdê, kakilê pêyabestenan.
Kamîya min de nameyê kesayete
Ya bêname verdayê
Mezgê min de janê zayene, mûma veşatê
Û çilaya waştenan.

16 Tebaxe 2011

PIRPILIKE Û ADIR

Welatê min de ayam
Bi xezebê desthilatdariya degêryaye yo
Îniyê persan bi gozgireyê verpersana peysnaye
Welatê min de pirpilikê hewtrengî
Adirê netewdewlete miyan de
Ne ê adirî rengê pirpilikan
Ne zî pirpilikan xezeb û dafikê ê adirî
Çimanê îniyanê cuya cematkî de
Sinayenî alozyayeyî, ayamî çengiznayeyî
Çimeyê îniyê cu de dêwê estanikan
hewtrih û hewtsere
Xasekeya pirpilikan ver
Koyê qesayî vilêsênê
Vilikê xosereyî abênê.

18 Tebaxe 2011

EWRO

Zerriya min tenûra sûrkerde ya ewro
Û bi destê dayikanê degrotê
Çîka adirî dejê vinîkerdenan ra
Halênê koziga zerrî de webiyaye
Ewro ti janê zerriya dayikan a
Bexçeyê gerdûnî o zafrengên de bêname.
Ti hewna nimitê ya
Zûranê panc hezarî serran miyan de.
Û zûranê tiranan miyan de nêdarêna çiwalê hêncetan.
Ti bêriya veyvekanê jewserrana
omidan de nimitê
Ewro ti ayamo engilêsiyaye de cehd
Eniya xosereyi de hewldana têkoşîne
Zerriyanê bindestan de mundiya bawerî
Zinayena to zerriyan de gireyêna ser di şina
Ewro ti leyanê neweyan de awa cu
Hêgayê pîroz de îni
Vilikanê verrojî de renga cu
Çarpay û xoserî vazdana vera serkewtene.

14 Tebaxe 2011

KEŞTÎ

Dara zerrî kok ra lerzenê
Kê?
Adirê çiman dê to
Mûmê şebateyi yê
Çiçî?
Mîjeyê to
Dormeyî min ro qorî kenê
Raya buhuştî mojnenê min
Çiçî?
Çimeyê adirê şebateyênî çimê to.
Kariteyiya xodawendan ra mendê ya
Tede erj û kamîya min pawênê.
Stargega rumetan a
Çiçî?
Zerriya to
Sinayena to; keştiya sinayena min pa aniştê.
Min kenê domano şeşmenge
Û ci ra debarê paşabiyayene
Çiçî? Pistinî/ verê to
Keştiya sinayene bejna to
Her babet ra nimûneyên
Vera girava serrî da min ray gêna.

25.05.2012

XOVERRODAYENE

-I-

Her nefes de vaye Zagrosî ra pêlêna xeyalan.
Xo ver ro dayene de bena hilmê arîşenî
Her vatene de zerqanê rojî ra hilmên
zerrî keno germ.
Û her qurla şimitena de
Zelaleya awa Dîcle û Feratî
Pêlanê vayî de tamê şitê may
Hilmê cu defineno damaranê delaliyanê dayîkan
Ge ge veyşaneyi bena kermê dare
Xilteyî defînena vinê xoverrodayene miyan
Apêdayenanê arîşenî de xolinciya nimitê

-II-

Mi kaleka embazo xoverrodêr
Hilmê ci de hêrs
Hilmê ci de toximê kariteyiya temmûze
Zerriyan de kesere dirbeta akerdê
Û hezar serran ra mende bedenan helênena.
Hilmê ci de omid
Bi gamanê bi xoya bawerena
Vera ware dê heqîqete
Hiwateyê ci de tamê masûmeya domanîne
Wexto ki hiweno mezbût o
Çirçanê riyê ci de
Mendeyê mêjûya bêname verdayê dane tever.
Bi xoya baweroya ci çîkanê adirê
Kawayê hemdemî, Mazlûm DOGANÎ ra.

-III-

Min kişta embazo xoverrodêr
Bi vîr û baweriya xoya îniyê şîdeyî
Beno debarê veyşaneyî
Û bi tevgêrayena xoya beno tasên awa vewre
Şikitoxê teyşaneya germe amnanî.
Helwesta ci bena mûndila embazina ki
Bawereya hetanî merg bi pêya biyayene.
şidênena.
Her çirka de eştena zerrî
mirê embazine alawena
Amyayene zelalêna.

-IV-

Tevera vengê domanan/qeçan
Beno tewrê vengê şêligî.
Teyşaneya xo ver ro dêri de awzêmê sinayene
Tever ra vengê domanan çîka adir dê cehdî
Senîneya sinayene ya şorişgerî
Dano parzûnê demî ro
Ci ra vayo xoserî, ci ra vayo resen yê şorişî
O va peranê pirpilikan, yê zerqanê rojî ra
Teniya o va şeno adirê zerriyanê dayikan rê
Bibo qultên awa vewra Zagrosan ra
Teniya o va, diyaxê xo ver ro dayene
Şeno kermê dare bikişo, ki o darê nêhelisno.

19.11.2012

ÎNIYÊ ÇIMAN

Nê îniyanê nê çimanê, nê dayikan de
Kê akerdî nê dirbetî?
Nê destanê nê wayiranê nê fîrazyan de
Nê cedewan çire da tever?
Nê linganê nê dayikanê ki
Çilken toxim ra cuyên dê apê
Û new mengî hemalêyi kerda de
Nê cedewî eserê kê yê?
Nê zerriyanê nê dayikanê ki
Stareyê asaneya cuyê de
Kê wekerd no adir?
Koziganê zerriyanê nê dayikan de çire progunayene?

Adare 2012

HAL

No hal hal niyo bira.
No hal kariteyiyê hala ra niyo embaz.
No hal nimitene de fetisnayena heqiqeta dez a.
No hal bi pîneyanê zûrayana pînekerde
Bi layanê helisyayana deşteyo kekobira.
Ganî çimî vînayene de haydarî
Cehd vejenê xo ci resnayene de bo ki
Îniyê çimanê dilbere de teyşaneya desseran bişikiyo.
No hal hal niyo ez heyran
Kar û mecal niyo ez qurban
Ray derga, ray durî ya, karê emrên niyo kavirê min.
Ganî zerri meîne, paştî mezbûte, zerri xo verro dêre bo
Ki hêgayê zerri de cehdê têvgêrayene bireso.

2013

TERTELEYÊ VATENAN

Şemşêran fek ra,
Bi lebayenanê dayikana apêdeyayê,
Bi ariqê têkoşeran û goniya xoverrodêrana
alawiyayî
Sirgûnan de, germeya miyanê vagonan de
esteyî helênayê
Bi lorîkê dayikanê Dêrsimî
"Mi rê awe..." û nefeso peyên.
Dayikan bi dejê vinîkerdena pitikan a
Vagonê trêne penciriknayêne
Ferman cor ra, homayanê tariyeyi ra
Ferman hilmê mergê domanan/ qeçan
Êdî seweta dayikanê Dêrsimijan
Vengê domanan veyşaneyi û teyşaneyi
Êdî dayikan rê vengê domanan
Qira pro ziwa biyayê, este û poste
Vatena peyêne "Dayê ez teyşan a... Mi rê awe...
Terteleyan ra raverdî nê vatenî
Azmênekê mezgana xeyalê çilkêna awe
Nefeso peyên de îniyê omidî ra zayi nê vatenî
Înan hissanê dayikan ra pers ki.
Teniya ê şenê nê dejî
Teniya ê şene nê terteleyê vatenan biyarê ziwan.
Ê dayikê ki sirgûnê Dêrsimijan de
Miyanê germe vagonan de pitikê ci ci virar de bibi wişk û warî
Teniya ê dayikê ki terteleyan ra ravêrdê
Û tesadûfî reyayê

Tenya ê dayikê ki
Hersê çimanê ci bi adirê nîjadperesteya biye barut.
Ê dayikan ra pers ki
Senîneya terteleyê vatenan
Û vatena senîneya terteleyan
Lerzayena bedenanê werdêkan de
Wa bivajiyê, biyarê ziwan, terteleyan de peymitenan
Ê dayikan ra pers ki
Şebateyê peysnayena îniyanê cu
Û komkiştenanê şikeftan de gilêşkiya nîjadperestî
Domanan/qeçanê virar da dayikan de,
Germê miyane vagonan de
Teyşaneyi û veyşaneyi ver,
Raywaneya Anatoliya Miyanêne de...
Jû bi jû,
Çileye zerriyanê dayikanê kurdan
Senîn şiyêne hewna
Seweta ki nêvatêne "Bana sû"
Vatenê mi rê awe...
Dayikan ra pers ki.

02.10.2012

QEWL

Seweta şahadeta Rustem CÛDÎ, Çîçek BOTAN û Elîşêr DÊRSIMÎ

-I-

Qewlê ma estibî;
Bi zerriweşeya rojanê degrote.
Qewlê ma estibî;
Raçikanê hêviyan de pûngalo ronaye.
Azmênê welatê adir û Rojî ra
Çirûsikê estareyan apêdeyibime
Û pa heqibeyê zewlê xo degrotîbîme.
Qewlê ma estibi;
Ma do şewanê xewfênan ra
Raybazê asaneyî apêdayê
Û parzûnê sinayena komelkî ra daye.
Ci ra toximê vewrînan arêdayê
Awa îniynê çimanê dayikan vero bikaritayê
Nêrgiz, binewş û solinî biresnayê
Bi xasekeya ê vilikana vîn bidayê ala hîrê renge
Renge bidayê ala hîrê renge
Bi a boya cuya xoserî ya
Çar tikeya ro jan bişikitayê
Ma do leym û lêsê karteyi/çanda gonî ra
Welatê xo deriwitayê.
Qewlê ma estibî
Bi vatenanê afsûnkerdena mûnde
Û pêlekê dapîran de nimite.
O qewl de xeyma projeyanê amyayene
Ya dayika ma Kurdistanî

O qewl de nigarê cuya xoserî
Ya şaranê Kurdistanî,
Bi virûsika Apogeriya viraşte,
Bi felsefeyê Apogeriya mûnde
Û her gam de alaya xo ver ro dêran denişte
Her game de leyêna şadik ya cuya xosereyî

-II-

To sebir nêkerd Rustemê CÛDÎ
To sebir nêkerd Çîçeka BOTANÎ
To sebir nêkerd Elîşerê DÊRSIMÎ
Şima bî rêwî
Raya cuya newê de meşaleyi
Şima sebir nêkerd û
Tenûra cuya newê rê bî ardû
Ewro teyrê bazî yê
Lûtkeyê zerriyanê dayikana anişteyi
Şima sebir nêkerd, dejê şiyayena bêwexte
Her şiyayene bêwext a:
Omidan ro paşti şiknena
Her şiyayene girana; sêneyan nêdarêna
Her şiyayena cibiyayenên a;
Rihê deme xo de dirbetên akena
Her şiyayene dejê tikeyêna
Nêdarêna zerriyan la şima
Fekê demî dirna.

15.10.2011

ZERYA

-I-

No welato bi şemşêranê goniyênana lete kerde de
No wareyo bêname verdaye de
Na herre/wela pirojina talankerdoxan ra
ravêrdê de
Bi vernivinayoxanê cuya komekî ya
perdeyî diryayî
mezganê asanan de zeryayê sêwirînan
Nê zeryayî bi rencê gangoriyana mîraz giroto
No zerya bi dalpeyanê ariqê çareyî
Û lasera goniya şehîdana apêdayeya
No zerya bi cehd û cerbê verênana amênkerde.
Welatê adir û Rojî de çimeyê karitena verêne
Kakilê rûmetanê şaran
No zerya de gileyê porê xodawendan ra
Biskê mûndeyî, sir û îcade Îştare.

-II-

Na herre/wele ser o
Têvereya erjenge, erjengeya têvereyi miyan de
Erjê netewî linganê dagirkeran bîn de
Pawitoxê erjan ronê xo de peyşayî
Ge adirê desthilatdarî o xezebên de veşayî
Û wele ci kewtî vayê talankereyî ver
G ege pirênê netewe dewlete, o pîneyên
Û pîneyê ci teliyênî, ci rê bî kefen
Ge ge goristananê şaristanî miyan de dî

La rihê xo ver ro dayene
Bi rihistînê xirabiye
Bi baweriya Ahûra Mazda ya
Newedera, wela xo ra ciwiyayî
Bi pîrozeya adirê Zerdeştî ya
helwestê xo zelalnayî
Û bi dirûşmeya "xo ver ro dayene cuyena" ya
"Menzelê Betonênî" teqnayî

-III-

Na erdnîgarî de dejî
Biyê qebarî/cedewê destan
No ware de janî meyasil
Na wele sero adirê meyasilî zerriyan de da tever.
Serebûtanê gormesteyinan ra deryayên viraziya.
No derya asnawbereyêna şîde wazeno
A/o ki nêşo bi pirênê şîdeya
A/o ki nêşo bi helwexta mêrxasî ya
No zeryayê arîşenî de bibo/a asnawber
Do asnawbereya qeydkerdê de bifetisyo
No derya de bi raybaza zûrayî ya
Vejeno kakilên bedilhewa veşeno.

-IV-

No welat de
Sînayoxanê erjanê komelkî
Û pawitoxanê renganê vilikan
Estbiyayena xo vilêşnê
Û erjê xo yê netewî biyaye kerdî

Vilêşnayena gananê nazikan miyan de
Veng û vazê
"Mezelê mi ser o deyndarê şarê xo binûsnê"
Kakilê kozê cuya xoserî Gulvang da
Û bî qijiya çar ziwanan.
Ziwan kewt bî kilanê adirî
Çar ganan de esteyanê çar istaran de
Adir vejiyayê
"Adirî gur kerê, adirî gur kerê..."
Zirzeyê ki kakilê erjan tede nimite bî
Bi vinê xoya şiknayî.
Ê ki nêvînê
Do tariyeya mexsedanê xo de bimanê.
Êyê ki hiss nêkerê
Do qeşayê zerriya xo de bicemidyê
Êyê ki nêşê ziwanê xo
O ki vayê vilêşnayene ver kewto,
Hewza şitê mayî/dayika xo de agoznê
Û têwgêrayena xo bi vatenanê
maya xoya biyarê ziwan
Do bibê perê payizî
Vayê helênayena serdestan xezebên o
Zerrî cemidneno, keno sî
Mezgi vilêşneno, keno awa vewre.

-V-

Na wela pîroze ser o
Bi ardûkerdena gananê nazikana
Û bi xohelênayena zerriyanê girdana,
Gurçikanê diqelqeyana
Adirê cuya xosereyi newedera
Gurr o, welatî yo, gerdûnî germ keno

-VI-

Wareyê awankerdena fîrazîyanê tewr verênan de
Şahideya Zeryayê şaristanî
Şahidê Zerya, şarê Mezopotamya
Wayîrê pûngalê zeyana zimistanî
Adirganê cuya xodawendî de zergê rojî
Bî cmreyê wesar dê cu, bî tersê mergî
Qirkerdoxa kariteyî, ya merdimeyî
Û kiştoxa rihê xodawendî.

-VII-

No welat de,
No hêgayê vilikanê bêhesaban de
Ge ge pûkê rojawanî
Zerriyan de omidî kiştî
Hêgayan de kariteni talan kerde
Damaran de gonî qesnê
No welat de, virara na dayika fîraze de
Veberê karitenan zerqê rojî
Damaran de giraya gonî
Qeşayê zerriyan, cemedê mezgan vilêşna
Dilqê moderniteyê qapîtalistî
Bi zerqanê Rojî ya vist.

04.11.2011

HAYDARNAME

Haydar a, haydarê estbîyayene
Ya nê wareyê çînêbîyaye hesibnayeyî.
Haydar a, haydarê şebateyê baxçeyê gulan.
Haydar a, haydarê xeyalê nê wareyî
Mezgê min de toximê gulanê sûran
Boya ê vilikan ayakerdox, haydarkerdoxe
Boya ê vilikan welidoxa îradeyî; name omid.
Zîlê ê vilikan betonî aqelişnayê
mezelî weşanayê
Vejen kerdo cehdê xo ciresnayene
Wareyo wesarên de fitîla finde
Finda timveşayê rût û rebale de roşnayî
Roşnayî dayika omidî, germeya adirê xosereyî
Zeri bi zeri geyrena, mişewreya amyayene
Seqeman de vila vewrîne
Cematki kde vila lotûse, rika cuyene,
Sermiyanê rayvistene, leya karitê
Ya tijî vero karitê
Ci ra adirê koyan apêdeyêno, adirê
xosereyî webêno
Û zerqanê rojî ra qidûmê raywaneya
amyayene koçeno
şewanê zulmatan de omidê şewdirî

26.04.2008

SOLÎNA MIN

Dendika sînayene ya wextê xo de zîldayê
Mijdiyaniya cu ya zerriya dayika xo de vildayê
Solîna min, şitla cuya newe riwayê
Vilika cu ya newe abiyayê
Qeşayê tîranan bêwext guna wesar dê to ro
Xezebê zebeniyan ra belateyê adir dê cehenemî
Guna ayam dê welatê buhuştêni ro
Ma na jû çarenuse bî? Nê Solîna min rê
Destûr yê karberosan bî
O ki tufanê Nuhî newedera qewimna
Solîna min mîraza may û piyê Mahsûmî
Zerriya înan hewna newe
dekewtibî landika şadiyeyî
Ti bîbiya debirê sînayene
Newe dest bi sînayena to kerdibî
Bi her hiwatena toya rezê zerriya înan de gulî
Torinê decalê xincikinênî
Hiwateyê to rê geyrayî xezeb
Solîna min
Hiwatena to ya verêne, zerriya dayika to de
Berê/kêverê omidî akerdî.
Bi o omida çar leteyanê welatî de
Toximê sînayene kariya.
Û delaleya to bi vatena serê ziwanê cotkaran
Çimanê pîyê to de çilaya şadiyeyî acivisti.
Çar dirbetan de bi heman deja
Çar tikeyan de bi heman dirbeta

Mijeyê to çimanê dişmenî de direwtî
Şîrineya to xincikênan de gilêşkî
Ya vergboz û delvergan
Xasekeya to dindananê asenayan vero-gonî
Solîna min
Her ki winêna/niyadêna wêneyê to ra
    defineno mi zerrî
Hiwateyê to wişkserran de varan
Hissan min ro keno sûrla
Toximê eşq dê edûle awdeyêno
Axûre dano çar leteyanê welatî
Zerriyanê kurdewarî de
    omidê amyayene zîl dano.
A amyayena ki îniyê hiwateyê Solînan nêpeysno
A amyayena ki hewnê şewan dayikan ro
    nêherimiyo
A amyayena ki axûreyê omidî
Nerb/bask bierzo esranê bînan
Neslê neweyî rê bibo finde, zey riyê to
Û raya xosereyî roşn kero
Solîna min
Gula bi eşqo qorîkerdeya awdeyayê
Zebenî nêzanê xo de bixeniqyê
La ti do tim û tim werdêka şarê kurdî
Zey torina Ahûra Mazda
Wela xo ra biwelidyê.

Ti do tim û tim Şîrîna wayik û birayan
Narîna pî û dayikana bicuya
Ti do tim û tim kakilê bapîr û dapîran bimana
Engiştê/ piçikê to yê werdêkî
Risiyayeya merdimeya bêvenge mojnenê
Pencûrikêk to cehdê cu
Bejna to ya werdêke bi serebûtê gonîwerdoxana
Bî girde, dinyayî ro nêdarêna.
Mêjûya têkoşîna şarê kurdî de
Kila adirê xosereyî
Qatilê to do hiwateyê to o xozayî miyan de
bifetisyê
Veng û gulvangê qijîya to ya peyêne
Korteke ra bî berz, dinya degrot
Zerriyanê haydaran de cehdê heyf girotene
Damaranê tepişteyan de
Gireya hêrs û kînî...

17.03.2012

KEYNÊ

-I-

Keynê keynê keynekê.
Lewsûre zincî werdêkê
Bejnê barî miyane tengê
Ma ti zana ki sînayoxê to
Mijeyê to kerdê şane
Û qiliyanê çimanê to vero denişyayo.
Ci ra muyên zerriya xo de
Û jû zî mezgê xo de
Kerdê karitenê emrên
Ma ti zana ki zînayoxê to
Birweyê to kerdê kevana zerdêne
Şewanê tarî de verdayan de qilawiz
Ma ti haydara ki aşiqê to
Porê to kerdo birr.
Birr; debirê mezgî, stareyê zeri
Û tedarîkê emrên
Renga ê porî ra vayê xosereyî
Zerriyanê bengdaran de tûfan
Ayamî ro tûfan weqlayêno
Keynê ma ti zana ki
Bengdaranê to gileyê kerdê şayesî.

-II-

Keynê keynê keynekê
Rûkenê ziwan nermekê
Ma ti zana ki sînayoxanê to
Sînayena to kerda heqîbe
Û azmênê apêdayena to ya hezar serran
Kerda îniyê mîrazan û ci ra haydareyî zêna,
Serwexteyî kirêşêna zerriyanê teyşan verdayeyan.
Ti zana ki dejê to kerdo melhem
Û dirbetanê cu rê erdoşên hilm
Her hilm de dirbetêna nimitê
Ya xezebê talankerdoxan ra dana tever.

-III-

Keynê, keynekê, bêhemtayî de vilekê
Ti zana ki sînayoxê to
Sirgunkerdeyê eşqê to, hepiskerdeyê cehdê to
Fedayîyê leteyanê to yê?
Raywaneya jewkerdena parçeyanê to de,
Şewanê tarîyan de, bi derbanê bêbextan a
Axîna to de kişiyayê.
Ti zana ki sînayoxê to
Têwgêrayena xo ci resnayena to de
Seweta ki boya ariqê to ra hilmêno xoserî biancê
Temenên bexşnayo
Û zerriya xo kerda cila binê linganê to
Eki nêresê mîrazê xo zî
Do axînanê xo nê cehdê xo bikerê mîrazê
amyayene.

Hetanî ki bi dirbeta eşqê to ya
Nêresê mîraz dê xo
Keft û lefta emrên de
Do estbiyayena xo bikerê hîbeyê
veyvîna to.

-IV-

Keynê keynekê zerdêna kevanekê
Rojakewtene de veyvekê
Ma ti zana ki sînayoxê to bi renca
Zerridayoxê to bi eşqa
Gangoriyanê to bi gonîya
Cehdê xo alawito
Û ci ra mîro ciraberdox veto
Ki leym û lêsê destanê talankerdoxan
Bedenê to ra besterê.
Dirbeta to ra dejî,
Zerriya to ra ayamê asîna degroteyî
şenik kerdê
Ma ti zana ki koyê to kerdê
Awaniyê cuya bi to ya
Pistinê to kerdê debarê xozaya xo
Rihê xo ver ro dayene zî pusula.

03.09.2012

MODERNÎTE

Şirwalindiya nefsê bêterbiyeyî
Û kêverê mezganê çengizyayan paştî ser akerdeyî
Nefsî serxoşî, mezgî xoroşî
Kariteyîyê komelkî dadgeha lanetkerdene de
Şên/mêzînê dade mezgo kapîtalîst
Kiştên de ehlaq kiştên de huquq
Kiştên de vijdan, kiştên de qanûn.

26.04.2008

ÇIÇÎ ROŞENA

Desmalî roşena destan de lepikî çîniyê, Ayam pûk
Pûçikî roşena lingan de pûçikî çîniyê. Erd cemed
Postalê dirateyî, çinayo pînekerde, Ayam şilî
Selpakî roşena û zinciya xo bi bizmikanê xoya
Veyndana, vajêna-vengê ci
gulvangê dejê xorî
Fek de ziwano qorîkerde, keye de may,
Bira û wayika werdêke
Balişna/balgîva ci bin de
Mektubê hepisxane ra
Bi silamanê way û biraya degroteyî
Dêsa resmê piyê ci
Siya û sipe.

2013

HESRETE

Zerriyan de hilm bi hilm
Mezgan de çirka bi çirka
Mendeyanê mêjû ra arêdanê
Hesreta to apêdayena bêhede
degrotena bêhesabe
Hesreta to kozîga progunayê
Zerriyan de timveşayê.
Waştenê livdaran bi hîrê rengana
biyê komir.
Hesreta to zerriyan de korbîr.
Pûngalê ci koz, adirê haydareyî.
Binê wela tenûran de çika kozê mazêre.
Toximê ci nêmerde, toximê ci mûndî
Zimistan û wesaranê to pêya besteno
Kozê hesreta to amnanê Amedî de
Qultên awa îniyê kariteyiya Temmûze ra
Wesarê to de debarê damaranê cangoriyan.
Ê ki amyayena to
Vilêşnayena este û posteyê xo de dî.
Û xo kerd hewrê varanê bereketênî
Ci ra xeylekên kila adirê Newrozî de
resayî virara to
Kozê a hesrete dejê axina to ganî tepşeno
Korbîrê bêriya to de hesretê bêbinî
Ge ge bêsebebeyî de vayo bêwext
Ge ge qeşa; omid cemidêno.
Hesreta to giraya goniya têkoşine.

2013

XULMAŞ

Hetanî a roje ayreyê mezgê min veng geyrayê
Hetanî a roje aresiyan pê ra werdêne
Hetanî a roje erqa awa bengdariye
ayreyê sînayene sero biryayê bî.
Hetanî a roje çeqçeqok vayê xapinokî de qireweyayê
Qeraşî vengê çeqçeqoyê veng qeyrayeyî vero
destî akerdibî
Û bi ziwano ezbere duayi wendêne
Hetanî a roje mezgi bi sûr û sipeya dawiyayi bî.
Pawitena bêpers, arêkerdena biterse
Hetanî a roje sinorê gumanan qorîkerdeyî
Senîneya sînayene "eyb û edeb" an miyan de
Hetanî a roje...
Xulmaş biya ki leweyê terişî ya
Terişê terteleyî de, ganan vero ya.

22.02.2012

XOZA

Cinnet/buhuşt bî dîmenanê xoza ra
Ne kî xoza bi dîmenanê, xeyalanê buhuştî ra.
Buhuşt ti bi xo ya Kurdistana min.

30.10.2013
ELBÎSTAN

EZ ÇIÇÎ BIYA

Bom biya, har biya
Estora ravêrdeyî ro,
Peyanver siwar/espar biya
Biya heskerdoxê to û tepiya
Zerriya min de adirê ganê meman
Êdî çarmixê Mansûrî de
Dej ancena

23.12.2012

TO SE KERD

Ti zana ki to se kerd?
Dara zerri kok de lerzanê
Gilî pro şikteyî
Perran awzêmê wesarî xo ro miçiqnayî
Torge da pro vilikî rijnayî
Debirrî deyayê serrada bêbine ro
Ti zana to se kerd?
Omid bi baro giran a
Linci de mende
La cehdê xo ver ro dayene?
Paştiya pişte ya.

09.05.2012

GORÊN TOMERÎ

-I-

Her ki parzûnê tekoşîne de
awa kameyi agozêna
Dirbetêna nimite verdayê
Kewna awa leymine, xolinciya netewe dewlete ser.
Dejê ci leym û lêsê hezar serran ra
Janê ci ver asin heleyêno
Korbîrê hissan ser de şino

-II-

Her ki b qedûmê tekoşîna
Gelaşê miyan netewî keneyêno
Dilqê modernnîteyî kewno, keçel aseno
Heqiqete bi tewrê sînayena verêna ayan bena.
Dilqê mêjoketeyî jew bi jew,
Bi tewrê dek û dolabanê hezar serrana
Kewno awa têkoşîne ser.
Her kendenede obetên
Her kendene de xezebê zalimeyên
Sêneyê dayikan ra keserên
Azmênî lerzanena, torzik varnena, vewrêsî ana.
Qalikê dirbetanê nimite verdayan qilayêno
Bi nameyê gorên tomerî ya
Bi qedûmê dejana
Dirbetê dayikan newedera.
Zerriyan de zerzele.

-III-

Her ki bi adirê têkoşîna
Kevalê raşteyî zelalêno
Senîneya têkoşîne deyêna parzûnê heqîqete ro
Vînayî da dayikan de wareyê xapêna bîne,
Bi raşteya cuya aşaneyêna.
Çirçanê riyê dayikan û piyan de
                    şopê dejanê cu
Esteyan de qînorê hewtverrî
Riwenê riyê dayikan vilêşêno ravêrdeyi ro
Esteyan de dejê gorkerdenê bêwecibeyî.
Her roj newedera bi abiyayena gorana
Keseri adirê xo de peysenê.
Çimanê rayo mendan de çimeyî peysenê.
Ayam çengizêno, dirbetî reng virnenê...

VEJÎN

Adirê eşqê to ra çeyleyên
Bi tewrê şebateyo verêna
Gunayo halênê zerri ro
Nameyê to mûndena sûranê Amedî de xerc
Nameyê to dara çinayêre
Nexşeyê her perrî de mêjû
Ya serebûtanê trajîkan
Bi giraneya asingazîya
Xoza ro renge debixnena
Bi adirê tenayena guleyê verênî ya
Diz/kelehê tersî weşanayî
Adirê xosereyî rê barut
Parqûn; çareye mêjûya rîsipê.

15.08.2013

ÇAR TÎKEYÎ

-I-

Çimeyê îni yê, wirdina çimeyî şaristaniza
Zerriya Mezopotamya de halênê komelî
Di royê kariteyî qezencanê merdimeyî awdanê
Îniyên ra awa cu ya amyayena merdimeyî
O bîn ra leym û lêsê fekê xinçêran,
Şemşêranê zengarênan.
Pûngala, zerriya dinyayî de amyayene resnena
Esteyê miyane dê merdimeyî
Têveran de xo ver ro dêre
Zerriya ci bi destanê nimitena
Û xinçêranê xafilbelayana dirbetine
Zerriya ci bi şemşêranê modernîteya letekerdê
Daneya xozayî ya ki kermê ci ci ra peyda beno
Nameyê kerm dê ci îxanet
Tikaya. Bi kerpetana Anglo-Saksonî ya,
Zerriya xoza ra qilanayê
Û bi mezgê cihuyana fesilnayê
Mezgê cihuyan, meqeso bêpeymite
Dirbeta a fesilnayene, mezgan de arizyayê
Zûrayîya netewa dewlete miyan de prêno pîneyên,
Pîneyê teliyênî, teliyê axuyênî
Ci miyan de delaleya xoza nimitê
Bi her pêla vayê vakur û rojawanî ya
Dirbeta mêjuyî newedera abiyayê.
Hêgaya kariteyî, dejan de peyşayê
Her axîna sînayoxanê ci de laserêna gonene
Birrê eşqanê nimceyan awdana

Debir xosereyî, ci ra serbesteyî
Leye "xo ver ro dayene cuyena"

-II-

Zerriya letekerdê ya. çar tikeyan de erzena
Vengê ci goşdarey ki: çi 'xiran bira kaşan'
Kerrikan de vengê qijîya erjan
Yê ki linganê talankerdoxan bin de
Ariqê eşqî kenê qidûmê saqeyanê têkoşereyî.
Gulvang xo dano azmênê xosereyî
Gulvang vila felsefeyê zerdeştî ra
Atêşgehan ano ziwan.
Û senîneya sînayene de
Adirê hemdemeyî defîneno zerriyanê cigeyroxan.
Amyayena merdimeyî ci ra ver gêna
Şaristanî diganê, dirbetina çar tikeyan
Ci ra dalpeyê gonî, ci ra leym û lêsê
Talananê hezar serran rijêno giliyanê çiman ro.
Çimê dayikan îniyê hersan, laserî sûrî
Ci ra cehdê têwgêrayene
Halênê zerriyan de hêgayê taqetî awdeyêno
Hêrsê pawitoxanê erjan şemşêro tûj
Vilikê rencî abênê, reng danê xo ver ro dayene
Rûmetî renge wekenê, erjî vilikî akenê
Kendalanê dejan de gulvangê ziwanardene
Axînî bene adirê fekê tifongan
Mirazî anê ziwan
Veng vengê çar qijiyan
Reng renga çar dirbetan
Dej dejê çar tikeyan yê zerriya merdimeyî.

-III-

Leteyê zerri ya bi sînorana bendkerdê
Bi telan û mayînan bi hendeq û çalana abirnayê
Teli teliyênî. Her telî de beden ra parçeyên
Her mayîne leteyênê bedenî de teqayê
Halênê her mayîne de narincokên
Û her hendeqe de kendenêna îxanetî
Yê hêrs û kînan ra apêdayeyî
Bi her serebûta maseno, hêrso netewî
Eki biteqo!!!
Şebateyê netewee dewlete miyan de
dirbeta mezgî
Xezebê nîjadperesteyî miyan de
dirbeta ziwanî
linganê talankereyî bin de rûmeta mejûyî
Her tîka de îniyên bi gormesteyî zêno
Her tîka de sînayene ra birrên
wela xo ra cuyêno
Bena debirê kariteyî, mezgan de vejen
Goşeyê engûre ya reze bapîran ra giliya pîroza
Ya bi ariq û gonî ya,
Û bi awa sînayena awdayê
Bi zerqanê rojiya biyayê
Çirrê cu ver şino
Vengê ziwanê dejanê çar obetan
Esteyanê sînayoxan de dayo tever.

-IV-

Waştêk û veyveka hezarserra newê,
Bi xincikanê "lewîathanî" ya bêname verdayê.
Sînayoxê to bi temenêna
Cehdê mirazê xo to resnayene miyan de,
Deyndarê firazeya to yê
Ehdo ki rihî keno warî
Beno hêncetê têwgêrayena rayvistenan
Beno vejene mezgê netewa demokratîke
Bi ziwanardena dejê çar tikayana girweyêno.
Seweta ziwanardena delaleya to
Qisawetî bi ariqo cemidyaye
Û çareyanê cigeyroxanê to de eşt tever
Eştena zerriyan de zerzeleyo qerdûnî
Goş nanîme ê vengê eştene ser
Çîçî ki layiqê jewbiyayena tikayena bo
barê min o
Berdêl?
Sere û çiman ser.

27'Ê MIJDARE

Vengê dirûşmeyan
Bi vengê dêranê xosereyî ya beno têmiyan
Kuçeyanê bajaran de gulvangê newayan
Bî riho xoverro dêra sirûşta "Ey raqîp"î
Giraya zerri kena bera
Hewşê hucra de vengê linganê govende
Bi newayanê nûjenana vatenê xoserî mûneyênê
Û pê fekî ra gênê "Oy Kurdistan Kurdistan..."
Vengê lingan gulvang dano erd û ezman
Enqere lerzeno, zerriyanê xayina de xef.
Hewşê hucra de govende geyrena
Vengê lingan û newayan gulvang dano
wargehanê azadan.
Dêsê zindana tewa mergî de
27'ê mijdara 2013'an de
Mijdare 27 finî gulvang dana
"27'ê mijdare, Roja soz û biryare
Alaya partî bi dara..."
Newaya srûste zerriyan ray fînena
Ver bi koyanê vîrardena. Hissi çarpaykî
Serrî û demserrî ravêrenê
Xatirwaştenanê peyênan ser ra.
Nê demî ser o embazine dem girot
Embazina adirê Newrozî, vayê Gulane,
Û germê emmûze, boya barûtê tebaxe
Paştiyan pê ra ariq listo û dalpeyê ariqî
Biye dermanê çiman.

2013

PÛNGAL

-I-

Bi peyamanê çimana, tenûra zerriyan de
Pûngalo adirên viraşt.
Tîranê mijeyana adir kirêşêno o halên
Ne şino hewna ne zî cigere ra
janê veşnayene bestereno.
Kiştên de adirganê eşq dê to
Kiştên de ocaxê kilsî
Viyarî bene leyreke newe biyayeyî
û lêrê pûngalê to ro
Ci ra şiyan koçenê, ci ra şîdeyî
Mezg warîkerdeyê a destvistene.
Min dî ki bê to nêbeno
Pirênê hissanê xo cena a gira ro
Adirê eşqî teniya gan nê, halênê zerri
û navenda mezgî zî şanaya kila xo ver.
Azmekê mezgî ya germîstan

-II-

Cigeyrayena min togeyrayena
Bi tilîsimê ê eşqî ya zeryayê sînayene de
Raştî têlanê sînoran yena.
Leteyê zerri bi çar çimana gonî bermenê
Ziwan çormedor teliyanê têlana
çarmix de
Dalpeyê goniya Helac-i Mansûrî
Rijênê hêgayanê mayînkerdeyan ro.

Ziwan, sedemê xafilbelayan de
Ziwan sedemê terteleyan.

Ziwan zilmat de verdaye, azmênek ro duskiyaye
Û wareyê cû pro çengizyaye
Bi vînayena akewtena Rojî ya laley ra reyaye

-III-

Domanan/qeçekan bi şabiyayena a vînayena
Fistanî xo ro fesilnayî, feslan babet virna
Û bi adirê xosereya pûngalê omidî roneya
Zerriyan de leyrekê zerencan erzênê
Marî xo rûçiknenê, perran xo ro şiknenê

-IV-

Çinêbiyayene ra apêda.
Dej kerd çîka adirê tekoşîne, ci ra sînayene
Dej, arişenê erjan û riyê to,
Aşmiya pancêsî mojnê raywananê pûngalî ro
Vîneya kiriyê to bê hiwatena xodawendî hiwate nêmûsayo
Vîneya ki xozaya to ocaxê erjanê gerdûnî ra
Bizro fîraz giroto.
Parzemînan de kariteyiya şadî.

-V-

Hewnanê şewan de ziwanî ceneyayî awa to
Ya ki ci ra cu zaya ro
Vînayiyê çiman bi mûsayena serebûtanê toya
Xem û kederê ki giliya çimanê dayikana aniştibî, dî
Şewê şadî bi hewnanê şîrînana deydarê sînayoxanê
Coka her şewdir de bi cehdê vînayena roj akewno
Coka şewdirî biye sîmgeyê bereketî
Û pûngalê to de ca giroto.

A ŞEWE

Axx a şewe
Şewa ma, şewa min û to
Şewa to û yê min
Destpeykerdena mûsnayena pêya şabiyayenan
Ganan pê ra ariq listibî
Ziwanî ceneyaybî kozê adirî ro
Lewî leteyê kozî. Azmêna istareyî hiwayê
Aşmiya jûşewe guli varnayêne ma ro
Ariqî xo dabî apê
Xoza bi o ariqa
Heme leym û lêsê xo şiwitîbî
A şewe ma laserê ê ariqî qelaşê hesrete ser
Ki barê zerriyan şenik bo
Birranê ma miyan de zerçeyê neweyî dabi tever
Awhewayê ma de teniya boya şabiyayene
Boya ariqê cu û birrê ma.
Çilkanê ariqî miyan de bizrê cuyêna newê
Şabiyayene roşnayi, roşnayi şabiyayene
vetibi seyrana vilikanê cu.
Şêligî teniya ti û
adirê sînayene o ki mi to giroto diyêne
A şewe dika cu sero ti; axmiya jewşewê
Hiwayê bedenanê têrapiştan ro. Ayam asan
Seweta ki çilkê ariqî birijyê ziwanan ro
Û ziwanî bedenan kifş kerê

Hewayo afsûnê waştenana degêryabî
Aşmiya jewşewê xatir waştibî û tepiya
İstareyanê zûziknayan qalikê xo şikit bî
Şewq varnayê pêyaşabiyenan ro
Lihivan boy virnêbî
Êdî vayê pêyaşabiyanenan de boya cu
Kozige de adir şibi hewna
Dayikan mastê xo amên kerdibî
İstareyan peyamê nimiteyî ristibi û hiwaybî
Pûngalê sînayene de bereketê cu
Viyarî bitir bîbî
Eşqi adirê xo zerriyanê neweyan de wekerdê
Û ray vistê raywananê neweyan ver
Ki wareyê awankerdena cuya newê de
Adir gur bo, cehd nêkemeyo
Têwgêrayenê eşqî rojî ra zerq bikoçê.

19 Tebaxe 2008

VARANÊ EMBAZÎNE RA ÇILKÊNA ZERDÊNE
GURBETELLÎ ERSOZ

-I-

Varanê embazîne ra çilkên hubur/murekeb
Reng dana deryayên
Defterê tekoşîne de rêzikê ci zerd berqenê
Hewldêre, têkoşere, cigeyrayoxe
Sînro nêsilasnayoxe ya heqîqete
Qoriyeyî de nameyê Qaqiboyî
Gurbetellî Ersoze
Hêrsê xo kerd ziwanê hersanê dayikan
Û pa dejanê mêjû ra murekebo qirên dît
rojewa têkoşîne ro
û bi apêdayena xoya agozna, rencê xoya amên
û qelema xo ro da şimitene
Rîpelanê sipeyan sero resmê zerriya kosipî
Koyanê xosereya kendoxa mêjûya dejan

-II-

Varanê embazîne ra tavêna wesarî

Gurbetellî Ersoze

Zerriya xo kerdibî keştîya Nuhî
Mendeyî dayê parzûnê mezgî ro
Barê ci wela erjanê welatê talankerdî
Barê ci wela têkoşînanê verşiyayan karê ci dermankerdene ya dirbetanê nêcebiryayan
Zerriya letekerdê
Û şaro bê kamname

-III-

Varayena vewra embazîne ra pelweyêna sêmîne
Zerri û mezganê newe resayan rê hilmên cu
Nameyê şanazeyi Zeynebe,
Bi cehd û rencê xo ra tever kerdena
Şenikeya cuya koyan
Ayamanê tengan demanê giranan de mûndiyo bawerî
Koyanê awankerdena xoserî de
Rêwiya sînornenase
Cayê vinîkerdena erjan de cigeyroxa serwexte
A rêwî bî; wayîra şideya sêneakerdê
Dûrî û dilayeya raywaneya xo de rikdara kosipî
Şopa Zîlane de rijnayoxa kelehanê netewe dewlete
Mirûzê ci de şopê qinoranê komelkî
Qinorî yê dejê vinî kerdenan
Şopê ci nexşeraya dejanê kariteyî
Yê Hûrî û Medan ra mendeyî

-IV-

Vewrêsê vewra tekoşîne ra hilmê zerrigermeyî
Fêriştaya pêlanê çemê Muradî
Biya awa îniyê arişenî
Çemê perî ra lasera xoserî
Hêgayê kariteyî yê şehîdan de vilika vewrîne
Ayamên şanayo vayê delaleya xo ver
Çareyê fêriştayana nusteyê serkewtene
Mijdaniya xosereyî dana dayikan
Çemê riz de asnawbera ver bi rojî
Biya aşmiya pancêsî û kosipîya akewta
Biya îniyê cu, kosipî ra zêna newalanê
welatî ro
Apêdayena ci tûnika vîrdozî
A tûnike de dirbetî, a tûnike de koz
Raya sirgûnan ra nalîna domananê teyşanan
A tûnike de nexşeraya vînayena vinîkerdenan.

-V-

Awankerdoxanê cuya xoserî ra
livdara finake
Zîndanan de her dêsa resmê to
Berzênê her xoverrodêrî de rojnuşteyê to
"Mi zerriya xo koyan ra neqinaya"
Her rista de vejen
Damaranê têkoşeran de giraya cehdî
Her rista de şideya xo ver ro dayene ra
Perspektîfê amyayene
Bi hiwatena toya benê mûndiya embazîne

Zîndanan de, zengarê ber û teqeyan de
Ariqê to biyo mirazê edebiyatê xoverrodayene
Mirûzê to de hiwateyê cigeyroxan anişte yo
Çimê to xorî winênê, amyayene mojnenê
Giliyanê to de roşnayiya amyayene.
Boxçaya axin û terteleyan de virûsika omidî
Hiwatena qeçan/domanan de
Biya mijdaniya serkewtene
Wayîra têwgêrayena ki biya çimeyê netewî
Awa ci vero, bi cehdê şodarana
Leya Netewa Demokratîke awdeyêna.

-VI-

Zeryayê ayamê Apogerî ra telazikên
Ya rencê xodawende ra welidyayê
Cehdê ci ra vejene cêravetene zayo
Zerriyanê serehewadayoxan de pûngal ronayo
Banê têleweyi de istûna zerdêne
Wareyê rayvistene de kuçanî
Bawerî ra pers kenîme helwesta Gurbete;
mûndîya hewtrenge
Ya xodawendan ra diyarî
Tûneya dejanê xafilbelayan ra pers kenîme
Senîneya eştena zerri ya embazîne
Rika şorişgerî ya serkewtene vajêna.
Çirçanê riyê dayikan ra pers kenîme
raya xo ci resnayena firazî
Raştû helwesta rikêne, cehdo bêpeynî yenîme
Hesreta pî/baban ra pers kenîme

Yê ki sirgûnan de omid dayo parûnê amyayene ro
Û omid nameyê domanan de kerdo derbirîn
Abîdeyanê şehîdan ra pers kenîme;
Kam bi çi tewra, na raya firaze ra ravêrdo
Heme verpersî vanê:
Keynaya kosipî, Gurbetellî ERSOZE

-VII-

Pêlanê vayê kosipî de hilmên cu
Kerreyanê koyê çavreşi de stargehî
Dere û newalanê ci de mişewreyê şorişgerî
Daranê Koyê Bandoziya halênê cigeyroxan
şîn de yê
Teyr û tilûrê Çewlige miruzşikte yê
Şiyayena to ya bêwexte de
Senineya cehdê xo danê pirojne ro
ya hewldana to ra mendê.
Raywana heqîqete ling ra sere
Xo bi mûndiya baweriya toya pêşenê
Raya zor û zehmetêne de şîdeya to arişen
Ver bi çimeyê îniyê embazine de
Ê arişenî kenê qidûm.
Cehd kenê ki
Xo biresnê îniyo ki rengdêra toya name giroto
Û awa ci zêna hêgayayê heqîqete ro
Raywanî ci ra çilkên, ariqê to ra arîşen şimenê
Kesan pencûriknenê,
Hewl danê ki qidûmanê şikteyan de
baweriya serkewtene bi ca kerê

-VIII-

Raywaneya Îbrahîmî ra livdarên
Awankerdena roşnayî de hewldêra Zerdeştî
Ronayena hîmê awanî de siya çengî
Felsefeyê Apogerî de mihînê xeyma vîrdozî
Koyê Sumbulî ya alaya dara verdayê, vaydayê

-IX-

Zeryaya şîdeya gerdûnî ra
Lasera apêdayena kurdî
Pêla vayê xoserî de cehdê armance
Koyanê zerriya têkoşeran de arduya adirê azadî
Heqîbeyê apêdayena şorişî de
Biya rêgeha ray û rêçikanê serkewtene

Şîfreyanê hevaliya Kurdistanî de
Şikitoxa xusletanê paşverûyan
Tewreyê cêravetena aloziyanê komelkî de
Ceribdara şareza, prowedibiyayoxa hemdeme
Awankerdena vîrdozî ya xelasiya ciniyan de
Pêşenge, fermandara lej û cenge.
Bi livdareya xo toximê cu rijnayo giliyanê girotoxan ro
Wesarê riyê ci de awzêmê peysnayeyî teqayî
Kosipî şanaz, sêneakerde, zerrigirot

-X-

Mêjûya Çewlige ra pers kenîme nameyê to
Yado mezelê xo ser o denişêno. Ci dest de pelgeyê têşiyayene
Emerê Faroyî ra pers kenîme; êdî dejê esteyan nêanceno
Wisif Begê Yexkî ra pers kenime; şanaz o,
Boxçaya keseran xo zerri ra veng keno
Riza Begê velêrî sirranê xo defîneno apêdayena netewî
Çemê Mûrat lez ver şina
Vengê lûliyanê şiwaneyanê kosipî de
Dêra M.Hayrî DURMUŞÎ "Mezelê mi ser o deyndar binusnê"
Lez û beza ci de têkoşereya Mehmet KARASUNGURÎ
Bena tedarîkê raywaneya raya dûrî
Her ki livdarî ray kudênenê
Alaya xosereya demokratîke
Şanazeyêna qirmuçikyayê de vay dayêne
Abdullah Ekîncî werrekê to keno
Şehîd Çiya û Rençber Ezîz diheteya dêran de
Yadkerdoxê şarê AREB, Derdê mîro
Û Tellî Xanime Gurbetellî ERSOZE de newedera cuyênê

(Roja şehadetê ci 08.10.1997)

JÛTENYAYA MIN

Seweta pancês têkoşerê cinî yê kurdan. Cigeyrayoxê heqîqete yê ki 24'ê Adara 2012an de Mabênê Hîzana Bedlîsî û Xana Hêwil ya Sêrtî, wareyê Şehîd Cuma de şehîd kewtî.

-I-

Pancês cinî, pancês raywanî
Ci paştî yo pancês tewreyî
Her tewre de neşerayên
Yê jar û barê merdimeyî ra
Pancês cinî, her jiwere paşti yo
Dermanê dirbetan,
Derzeyê aloziyanê komelkî
Gilanê daranê wişkbiyayan rê
Raybazê aşleyî
Derzeyê înan birrê welatî ra
Derzeyê înan pişteyê çareserî
Her jû periyên, neviyê Banuyan
Îniyê awa cu ser o anişteyî
Her jû fêriştayên; berbûriye Zîne
Her jû aşmiya pancêsî ra leteyên
Zerqanê rojî ra roşnayiyên
Her jû têwgêrayene de damarên
Qijiya Zîne ra gulvangên.

-II-

Mabênê Hîzana Bedlîsî û Xana Hêwil de
Wareyê Şêx Cuma de pancês xoşewîstî
Guldana Kurdistanî de gulê newe abiyayeyî
Her jiwere ra boyêna awankerdena cu

Hilmê înan pifika xoza de debîr
Zerriya homayanê binê erdî de
Pancês tersê mergî, pancês helwestê xoserî
Ci paştiyo heqîbeyê apêdayena biyayenan
Bi cehdê Rindêxana, toximê xosereyî,
Nexşenîgara Kurdistanî de karitêne
Her hilm de hebên, her betlane de erdosên
Rijnayêne herra/wela firaze ro
Têwgêrayena înan de vejen
Şerwanê key Eliyê Unisî goranê xo sero riwayêne

-III-

Pancês hevalî, pancês embazî, wayîrê jû şûtike
Pancês omidî, pancês leyê amyayene
Zerriya şarê xo de riwayî
Ci ra baweriya ravêrdeyî weşêneyayî
Rayvistoxê ehd û wehdanê bawkalan
Koyanê xosereya pancês vewrînî
Zerriya şarê xo de halên aşanayo
Paştiyanê şikteyan rê artêşa mûndiyan
Pancês birrê cu, pancês robarî, pancês wesarî
Awzêmanê ci ra awa arişenî
Sadilê azadî aw danê.

-IV-
Ê fedayîyan ra jû, Leyla ALTAN (Arjîn XARZANE)
Neviya Rindêxane, raydûre, bargirane
Dayika ci bi ziwanê dejê zerriya vajiyayê
"Leyla min! Ez senîn vaja ki?
A jûtenyaya min bî, giliya çiman de roşnayî"

Perîxan PARLAK (Bêrîvan SEMSURE)
Şagirta Osman SEBRÎ, wayîra cehdê bê peynî
Dayika ci vajiyayê: "A, Perîxana min?!
Zerriya min de halênê omidê ameyayene
Zerriya min de îniyê cu
Şadi degrotê damaranê min ro
A ziwanê mi ser o vatena nêvejyayê "
Gulistan BASUTCU (Yerîvan AZADÎ)
"A keynaya min, delaliya zerri da mi?"
Pawitoxa zerriya girde, awankerdoxa welatî
A Îştara hemdeme, mamosteya mûndene
Ya mûndiya netewa demokratîke bî"
Asli GURBUZE (Toprak CANFEDA)
"Ez maya endezyarêna ravêrdeyî ya.
Keynaya mi, Asliya mi, sereberzeya min a
Aye tewreyê xo bi amyayena.
Xelasiya Demokratîke degrot bî"
Meyaser ORBANE (Diljîn CÎLO)
"Ez maya Meyasere, awankerdoxa azadî
Min keyneyên arde dinya
Zayena aye de dinyayên...
Destê aye dermanê heme dirbetan

Hamerata awankerdene bî"
Welat AGIRGEŞ (Bêrîtan TIMOKÊ)
"Keynaya mi nê, veyveka welatê xo
A şîdeya caardene, qerarê kerdene bî
Bi vatenanê xoya zerriyan de kozigî tefênayê
Şebateyê keseran peysnayê."

Şehrîban ARGÎŞ (Ruken ASLANE)
"Jûtenyaya mi, şerîbika min? Senîn vaja ki!
Werdêkeya xo ra têvereya neheqî,
Raştkerdoxa baranê çewtan
Sînayoxa şaranê bindestan bî
Xelaseyî roşnayîya Rojî de dî û şî
Ci rê oxir bo. Ez rîsipe û sereberzê aye ya"
Asûman MUCEL (Viyan DÎROKE)
"Asika min?!
Cuya min a tarî de verdayê de roşnayî
Cigera mi ra leteya tewr erjayê
Haydara cuya komelkî bî.
Bê xo her kesî rê heme çî waştê
Waştoxa rewaninayena cuyêna xoserî
Bi rêwîya mexsedanê xo, coki ra ez sereberz a.
Yildiz CIMO (ROJDA EFRÎNE)
Istareya mi?! Senîn bîyara ziwan ki?
A bi tilisimê cigeyrayena amêbî dinya
Miftikê çaresereyî aye dest de bî
Taxa ma de her kes û kusî.
Embaz, emriyan û dostî a sinayê
Ci sero sond wendê, ci ra netewayê!!.

Selma Avci (Berfîn ROZA)
"Wayira xusletanê xoserî bi kavreka mi
Bê embazanê ci loq ci qire ro war nêşiyê
Bê embaz, emriyan û dostan nêzanayê
Bûro, bişimo, werzo û roşo
Ayşe AHMED (Slav GORANE)
"Eyşa min, eyşxana min. Tim şad û rûkena min.
Xemgineyî û zerrî giraneyi nêkewtê salaxiyê aye
Bi veyşanana veyşane, teyşanana teyşane bî.
Werdêkana werdêke pîlana resayê bî
Liv û têwgêrayena aye bi vatena nîna ziwan
Gurbet ALTUN (Rozerîn AMEDÊ)
"Fina peyêne amêbî keye
Ze ki ma ra xatir biwazo
Ez bi kor ba
Min şik berdibi la pede nêvetibî
Cehd kerdê, lebayayê
Bi coşî û zerrîweşeya xoya
Waştê ki çiyên vajo û şî
Siyayena peyêne bî"

Aklîme ESER (JIYANDA)
"Tikaya zerriya min cibiyê û bi rêwî
Raywana raya dûrî, veyve de berbûrî
Kotî de linga ci bi siyên ro gunayê
Zerrîya min de beranan dayêne pê ro
Mi zanayê ki a do koyana
Xeyma awankerdene agîro
Çirê ki xozaya aye, tikaya zerriya min de
Tilisimê awankerdene estibî.
Fatma KARAYIL (Gulbihar AMEDÊ)
"Fatika mi bî Gulbihara Amedî.
Jew bi jew, heme malbate ra
Xatirê şiyayena nêageyrene waşt

Qey to vatê aya şina veyve
Veyveyo ki a veyva ci ya zerrîwaştoxe
Wexto ki şî wina vatibî:
Têkoşîne rihê cu şad kena
Cu bi têkoşîna mane gêna
Kuwariyê haydareya xo
Bi tedarîkê cuya komelkiya degrot bi
Giliyanê çimanê aye de roşnayîya amyayene
Mi hewt tasî awe ci dima rijnê
Hewt finî mi lew na şopanê linganê ciya
Ki oxirê ci akerdê bo

Adare 2013

HÎRÊ FÊRIŞTAYÎ

-I-

Hîrê kenayî, hîrê torinê xodawende
Hîrê zerqê rojî, hîrê veyvekî; xemlê welatî
Hîrê cinî, hîrê omidî
Bi dej û bêriya welatiya resayeyî
Bi cehdêno resaye ya biyayeyî
Hîrê gulê sirgunkerdeyî,
Yê bi sînayena welatiya şidyayeyî
Terteleyanê xezebênan ra hîrê bewranî
Bi veyvekînanê hîrê rengana
Bî meymanê paytexta Kurdistanî
Amed de arêday pêser vewrînê têkoşîne
Amed de arêday pêser
Berbûriyê veyve dê çar veyveyan
Bi gulbeyê cematê çar veyveyana
Ameyî slaynkerdene; ne desin ese ne hezar...
Derzinî bierziyayê erd nêkewtê
Aşitê serebûte serebûte bibi sebebê mehşerî
Şêlig bi hîrê birrî.
Dêrsim de zerzele zeri û mezgan
Gurgum de vewrêsê şî dayî,
Ters xo bîn de verdabî
Mêrsin de demê agoznayena helwestan

-II-

Hîrê bilbizêkî, hîrê vewrinî, hîrê şitlê rehane
Hîrê vilikê dejan. Dejê mêjû ra mendeyî
Û kariteyiya gonî ra veng giroteyî
Û bi zerqanê rojiya awdayeyî

Hissanê dayikan de hîrê asaneyî
Hewldêrî bi; leym û lesê ayamê xezebenî
Dayêne parzûnê tekoşîna xosereyî ro
Ravêrdeyîya awankerdena demokratîke de
Hêrê Bewranê sipeyî
Ronesansê Ewropa de hîrê fanosê hemdemî
Debixyayena moderniteyê kapîtalîstî de
Hîrê sembolê alternatîfî
Bi wendena rihê demî ya
Hîrê pawitoxê modernîrteyê Demokratîkî,
Hîrê pawitoxê şaro bêname verdayî
Bi cehdê xoya lezdayêne dîplomasî Ewropa
Ki biresnê heqîqeta awankerdena ci
Cigeyrayena heqanê şarê bindestî de
Hîrê fedayî
Û hîrê fêriştayê welatê adir û Rojî,
Çimeyê îniyê roşnayîya xosereyî
Roşnayî danê rojawanî
Keleha ezezeya moderniteyê kapîtalîstî de
Hîrê zerriyê barakerdeyî
Û bi îcadanê xodawend Îştara
Perrî pro akerdeyî
Azmêno dagirkerde de, hîrê cigeyrayoxî

Ray û raybazanê xosereyî ra weçînayoxî
Zeryayê qorîkerdene de hîrê velkqelqeyî

-III-

Hîrê îniyê cu yê bi zerqanê rojiya degroteyî
Bî çimeyê çar leteyanê jû zerrîya verşiyayê
Bî bêbexteya, bi dafik û xefkana
Gonî viriteyî

-IV-

Bêbextno! Destanê şima senîn girot?
Têverê a kerdene de nêbî sî
Ê senîn çimî bi ki bi vînayena a komkiştena
vînayî pro nêpeyse, kor nêbî
O senîn ziwan bî ki; ziwanardena ê fermanî de
lal nêbî.
Ê senîn goşî bî ki
Bi aşnawitena hîrê qijiyana
Perdey pro nêteqay
Mat o nêzanayê ki ê torinê Îştare yê
Ey desteyê xinçêriya zengarêne!
To nêzanayê ki ê nifteyê beranê hêncetan
Çimeyê aloziyan de hîrê azmûnkarî bî

-V-

Hêmayê înan yê embazine
Bi hiwatenê înan a
Koşkê zerriyanê bindestan a anişteyî
Senîneya embazîne hêgayê zeriya

Înan de mexl da,
Derd no, kul no, keder no!
Bi tewr dê homayanê xo yê hasûdan a
Azmên bi şima sero birijyo
Miyane bi şima ro bişikiyo.
Şima bûrê û nêkerê, mirazê xo nêresê
Viye bi şima ro bişikiyo, pizeyê şima bitewo
Gurçikê şima bi sî, ziwan bi şima ro kerra bo
Û heme zewtê dayikan şima ro qebûl bê

-VI-

Ca; Fransa. Ware; Parîs "sembola azadî"
Kiştox; torinê karberosan, ewladê lewîathanî,
Xincikinê binê erdî
Marqeyê kiştene; modernîteta kapîtalîst
Sedem; berjewendiyê netewe dewlete
Mêjû; 9'ê çileya 2013'an
Derd no, kul no, keder no
Şima bê şima bê herre şima nêhewêno
Amed de pirdo desçime, bi hîrê çimana
Gonî bermeno
Û bi hîrê vengana qijeno
Dîcle û Firat bi hîrê nameyana
Gonî virêjeno
Awankerdoxa embazina ciniyan;
Sakîne CANSIZE
Keynaya dîplomate Fîdan DOGANE
Sembola ciwanan Leyla ŞAYLEMEZE

31.01.2013

DIRBETA ROBOSKÎ

-I-

Çar dêsan miyan de
Kêber/ ber û şibakeyanê
Bi asina mûndeyan pey di
Aşnawitena abiyayena dirbetêna newê
Ya hîris û çar çimeyêne,
Haydareyi ro hilm birnena
Îniyê şadi peysenê
Hissanê zerweşeyî fetisnenê
Ê dirbetê ki bi xinçêranê nîjadperesteyî
Û bi bombeyanê qazanan a
Zerrî û mezgê şarê min de abiyayê
Varnayenê homayan dê xezebî yê.
Şalanê sûran, kereyê teqayeyî
Û gilanê daranê veşatan ser o
Leteyê ê sîyan hissê heyfgirotene
Pijigênê welat ro û degêrênê zerriyan ro
Herra welatê min vilêşênê xo zerrî ro
La merdimeyî?

-II-

Wexto ki babet qirkerdena şarê kurdî bo
Feraset: "heme raybazî mubahî yê"
Dika kaya hîrê meymûnan de perde abêno
Nêzanê, nêvînenê, nêaşnawenê
Bedenê dayika min Kurdistan de dirbetî

Ê dirbetê ki bi leym û lêsê
Mêjûya dimlaşkerdê ya abiyayeyî
Û bi zengenê berjewendiyanê serdesteya kendeyî.
Zerriyan de adirê serebûtanê hîris û çar leteyan.
Yê zerriyanê nefswerdêkan.

-III-

Dayikê dejgiranî. Zerriyê şima kozîgê sînayene
Hersê şima roşnaya çimanê min
Lomeyê şima şermê min; pûngalê heyfgirotene
Wa sozê min bo ki lebayena şima do bibo torzileyê wesarî
Û bivaro kariteyiya xover ro dayenan ro
Mezgan de tometê mermeya ker, lal û kore
Hêrs û kînî kenê moran
Têlanê pacayan yê zengarênan de
Pûngalê omidî aşaneyêno
Sînoranê viraşteyan de gonî ver şina.

-IV-

Tûnikanê hîris û çar şitlanê narînan de
Nexşeyê debarî, desmalê neqişnayeyî
Nesî waştenê waştêkan
Ci ra boya lewanê waştêkan û zimbêlanê newe
Riwayan/ariqyayan
Motîfê nexşan têmayê bêca û bêwareyî
Motîfî viyariyanê miyanikî mojnenê
Hayr ancenê senîneya sînayena xo ser
Û vanê; paştiya xo medi dişmenê seserran
Paştî tor o şiknenê.

Paştiya xo bide erjanê şarê xo
Xo miyan de cehd û cewherê pawitene
Çar dêsan miyan de kêberanê asingazan pey de
Aşnawitena dirbeta Roboskî
Zerriyan de koziga progunayê
Mezgan de humara hîris û çarî
Bena mêxê çarmixî
Rengdêre "Hîris û hîrê guleyan"
Mezganê kurdewarî ro mûnena.
Dirênê helwestan sûr fesilyêno
Û deyêno leyanê neweyan ro dirbetê nêcebiryayeyî,
Zerriyan de xapê nêdegroteyî
Korbîrê fekakerdeyî
Û mezgan de dejê dirbeta Roboskî.

-V-

Bi cehdê bazirganané werdêkan a
Dekewna raya debarî. Dirbete ra dalpeyê sûrî
Dirbete awzilîlikî girê dana
Û min kena rêwiyo/a bêtedarî
Koyanê sewdayanê miyanikî/Nimiteyî ya
Vewr û vewrêsê moderniteyê kapîtalîstî
Hiwatena waştêkanê çim rayo mendeyan de
Ayam beno moran.
Bi pelweyanê vewra zeri heleyênê
Verrozê zerriyanê dayikan de
Cehd çemçîlikî girê dano.

Pelweyê vewre de istareyî peysenê
Doşi/hirmeyanê livdaran ser o barê şima, debaro qirkerde
Bi têwgêrayena komelkî ya cehd xo ceneno ariqê şima ro
Hîris û çar cuyê cehdî.
Sînoranê cuya qorîkerdê pencûriknenê
Devecêr û devecoran de bi qijiya şima
Zerridayoxanê welatî ya geyrena şopanê linganê
Wayirê zimbêlanê newe riwayan.
Û dekewna raya ki şiyayena ci esta la ageyrayene?!
Ariqê çimanê rayamendeyan
rijêno ziwanardena min ro
Beno ximawa sûre, bero qirawa şewdirî, mirazê amyayene
Têwgêrayenî dalpeyanê goniya qirkerdene de
Benê çemçîlik û raya bazirgananê werdêkan de
Têlê biskanê waştêkan gonî de miloqênê.
Sêneyê tepiştoxan/hepisiyan de
Dejê qijiya dirbeta Roboskî
Hîris û çar qijiyê peyênî vengê teyaranê lejî/şerî de
fetisênê
Zerriyanê tepisteyan/hepisiyan de vewrês û zerzele
Her nefes de hîris û çar koyî cêser kewnê
Her nefes de azmênên, bi tewrdê estûna şiktê ya
Rijêno zerriyanê tepiteyan ro
Qijî û gaziyê şima apêdayenan de kila bêdûmane
Hêmayan danê danê bermî ro. Ziwanardenî sere hewadanê.

-VI-

Bi şimaya piya, hîris û çar darbestan de
Her çiva raya Roboskî de zerriya min
Linganê dayikanê Roboskî vero rafîneyê.
Bi şimaya piya, hîris û çar alayanê hîrê rengan de
Destanê şarê xo ser o
Zerriya min debiyê destanê dayikan
Herûna şima de zerriya min
xo pişt virara dayikan ro
Hîris û çar zerrinizman ra lewa ked ki
Zerriyanê xo bi dejê mêjûya
netewa bênameverdayê ya alawê
Verê xo bidê rojî, hissanê xo adirê Zerdeştî de
Ziwanê xo tamê şitê xo de agoznê.

-VII-

Zerriya min, zerriyê şima, bi jewbiyayena
Pawitgehanê erjanê şarê ma de girdî bê
Bi aşnawitena abiyayena dirbeta Roboskî ya
Hîris û çar finî tenûran de nanî veşayî
Dayikan bermiyê pitikan nêeşnawit.
Hêlikî veng hêl kerdî.
Welatê min o bêname verdaye de
Hîris û çar hezazî. Destaran ro destikî şikiyayî.
Meşkî bi dara mendî. Şiwane û kavirwanî gema veyşan
Bêrîvanan elbikî şikitî. Zeri hîris û çar finî
Erziyê adirê dojehî miyan
Min xo eşt bextê hîris û çar dayikan
Yê ki dirbeta Roboskî ci zeri de abiyayê
Û ci ra lewa kerd ki; her jû bigiraneya cedewê zerriya xoya
Şînvatena xo bikerî dêra haydarkerdene.

-VIII-

Min sereyê xo na saqeyê nefswerdêkan ser
Û goşdareya hîris û çar zerriyan kerde
Vengê nalîna qij û pîlan newedera
Şebateyê Dereyê laçîmin zeri de wekerd
Xorîyeya zerriyan de
Vengê nalîna dirbetinanê dewa komirî
Ê xafilbelayê terteleyî ver
Pelanê laya Dîcle û Feratî cemed girê da
Giraya zerriyan de vengê Zeyneba Colemêrgî
Biyênê hiwateyê xezala çimxaseke
Û oxirê hîres serreyî û biyê vengê Newala Qazane

O veng a Şêx Seîd û Seyîd Riza vajiyayêne
Hîris û çar hebûbê bi guldana Kurdistanî ya
Bibi teli, bibi pawitoxê hêgayê guldane
Hîris û çar hebûbî
Bi teyareyanê Heronana mojneyayî
cinawirê Lewîathanî ro
Karo leymin yê mêtîngeran rê gonî lazim bî
Tufanê Nuhî newedera
Keştiya Nûhî Roboskî de
Berjewendiyanê gonîwerdoxan miyan de noq
Hizirê min de dirbeta Roboskî
Ayam gormestî virêjeno.

SOND

-I-

Bi roj bo ki
Biyayena mi ariqê ê rencî.
Senîneyî zerqanê a roşnayî ra miraz girot.
Û cehdê xo amên kerd.
Bi roj bo ki
Sînayene o ayam de
Seqemo nêşiktê de amê ra
Bi roj bo ki
Na biyayene de xesar
Yê torga netewe dewlete yo.
Nê xesarî miyan de
Adirê xosereyî
Wela xo ra afiryayo.
Bi roj bo ki
Na zerrî wela şebateyê terteleyan ra ya.
Axûrê eşto çar demseranê dirbetinan.
Na dirbete girdeya xo de
Ayamê sînayene awan kerdo.
Adirê qorîkerdene miyan de warwayî

-II-

Bi roj bo ki
Senîneya na sînayene dejaya parzûnê
mêjûya kariteyî ro.
A mêjûya ki bi zerqanê rojî ya
agozneyê û tepiya
Dejê nimiteyî jew bi jew
Mezg, zerri û beden de dayî tever.

Dirbetê leym giroteyî jû bi jû
Ardî ziwan.
Ariziyê şexsîyeta masnayê jû bi jû
Xusletan de dayî tever.
Bi roj bo ki
A zerriya girde ya ki ayamo xezebên de vijyê
Axûre eşto sînoranê qorîkerdeyan
Û zerriyan de pişkokî teqnayê
Ê ahengî çîçekanê welatî ro
Polenê xosereyî vila kerdê.

-III-

Bi roj bo ki
Çiman mijeyê xo cenayê a roşnayî ro û tepiya
Vînayî zelaliyayê.
Hiwateyê her rî de
Şewqê ê mirûzî ra gulên abiyê.
Zerriyan de kiwariyê debarî omida degrote
Estbîyayenan xo cena adirê senîneyî ro
Wareyê xo ver ro dayene de

Cehdî babet virnayo
Bi roj bo ki
Rezê gulan do bi cehdêno neweya reng wekero

-IV-

Bi roj bo ki
Estbiyayena xo deyndarê a kariteyîme.
Nebzê bi a kariteyîya erzênê
Giliyanê çiman gird kenê
Vînayî bi a roşnayî ya degêrênê.

Giliyanê çiman de omid berqeno
Şewle beno vejenê têlewe amyayene
Bi felsefeyê cuya xoserî ya
Raya amyayene kudêneyêna
Mezgê netewa demokratîke apêdayêno
Hewza têkoşîna demokrasî ya merdimeyî de
Vilikê lotusî yê modernîteya xozayî abênê.

-V-

Bi roj bo ki
Çiman cedewê ê destan ra
Dejê ceribnayenan kot
Bi a kotena têwgêrayenê lewazî
Renco fedayîyane de alawit
Û zerriyanê bûre mendeyan de
Hîmê raybaza xosereyî aşana
Bi dejê ê cedewana
Waştenê beşerî texirnayî, devistî ray

Şopa çilkanê ariq û gonî
Vera wareyê vinîkerdene

-VI-

Eki no dej kemî vajiyayo
Bi vatenanê dejan ra agozneyayê ya
Ti temam ki, cayê vengî degî.
Eki vêşî vajiyayo
Pîrozeya roşnayîya xo ra mi bêpay verdo.
Xelaya sînayen da xoza mi zerri de biqîlayo.
Teyşaneya to zerri de bibo Kerbela.

15.05.2012

BÊRÎ

-I-

Xeyalê Memî de
Omido bahozin o.
Mirûzê ci de hiwateyê Dîcle anişte yo.
Zerriya Zîne
Bi pêlanê Feratî ya ayamî cenena.
Destvistene de berdêlgirana.
Têwgêrayena destvistena ci
    cedewanê destan û lingan teqnena.
Hewldana bêberdêle de
Çijeyê bereketî peysnena.
Çimeyê îniyê sersebîlî ro
Amnanê Herranî qewimnena.
Varanê bereketê xo
Ked û cehdî ro varnena.
Têwgêrayenê bêberdêlî ra ragêrnena
Kemênena bereketê keynaya xo
    ya ariq û gonî ra peyda biyayê.
Û şibêna sebir û semaxê pêxemberan
Eki ge ge karitena ci ra
Kalan/eşef nêweçîneyo
Zerriyê ki adirê eşqî mîyan de bêvengeya biyayene de yê ro
    ziwan nêgeyreno.
O wext bêrî bena vatena virt û virane.
Zey xezala dirbetine
Ya destê seydvanan de
Û dejê dirbeta mêjû ra mendê ancena.

A çirka de wext/ dem
Tilîsimê xo vinî keno.
Estbiyayenî riwenê bêmaneyî de qîjênê.
Kevalan de reng û bengê ahenge
Têmayê xo vinî kenê.
Ayamî ra cimbûşa xo têsenê.
Eki ti nêşê rik û sebatkareya aye
Hiwatenê xincikênî ra bipawê
Eki ti nêşê xoriyeya mêjûya aye ra
feyz bigirê
Û bikerê tewreyê paştî.
Werdê raywaneya dûrî.
Eki ti nêşê hiwateyê aye,
Yê domanîne ra şikteyî
dêran de bialawê, newayan de bimûnê
Ehmedê Xanî do
Dejê ziwanê dapîr û bapîran bianco.

-II-

Wa çimê to
Yê bêrî û hesreta degroteyî
Halênê Bazan,
Wareyê apêdayena dejanê
serehewadayenan
Zagrosan ro bo.
Wa zerriya to
Ya bi dejê terteleyana degrotê
Babetê sereberzeya Zagrosan de bierzo.

Berzeya Zagrosan
Şanazeya asîyeyî
Sêneakerdê, sere nênamitê
Deşt û newalê ci
Zerrîşikteyê xezebê talanan
Defîneyayî bî bêvengeya miyanê damaran
Û lasera hêvî ci sero birnayê.
Bêhêvîyeyî; vinîkerdena bêname,
Paştiya şiktê, winîyayenê veng û varitî
Rêzikanê Melayê Cizîrî de roşnayî
Û felsefeyê Zerdeştî de
Çîka adirî ya wela xo ra welidyayê.

-III-

Ma ti hemaleya mêjû asaneyî hesibnenê?
Eki ti biyayeyê bexşnayene
Û serwextê weşvînayene bê,
Eki to her game de temenên feda kerdibo
Û her pêngame rê
Zerriya xo ra tîkeyên kerdibo werd
Ti do xo biresnê o darax
Bi giraneya hemaleya mêjû ya
Kaş û werazîyan de ray bigîrê
No daraxo şanaz de
Xo biresnê awaniya awankerdene
Ya xo ver ro dayene.
Na raywaneyî de ganî ti
Bi xilikana mijûl nêbê ki
Armanca girde rê xerc virazê.

Ganî pistinê/singa to de
Çimeyê îniyê cu deryayîn bo ki
Ti bişê awankerdena cuya xoserî
Mendeyanê terteleyan ra bizelalnê.
Ganî ciresnayene/têgihêştin gerdûnî bo ki
Erd/hêgayanê zerriya xo de wareyan
Bi tewr dê mayînanê kariteyana biwênê.
Zerri bi giraneya ayamê Amara ya
Bikerê stargehe
Ya reng û benganê cuya komelkî.

-IV-

Raştey ser zî
Çar heme kiştê cennetî deryayînî yê
Û tede tepişte yo
Wayîrê vînayenanê kehrîbarênan
Vînayena nê deraxî rê
Serwexteya na xoriyeyî rê
Çimî lazimî yê; wayîrê winîyayena
felsefîke
Teniya ê çimî şenê bivînê ê cinetî
Teniya ê şenê nûrê ê çiman maç kerê.
Ê çimî xorî winênê/niyadênê
Ê zerri diqelqeyi do senîn
Xo biresnê awa cu?
Toxim do senîn biteqo
Û bibo mijdaniyaniya cuyêna newê?

Newrozan de do senîn bibo
Çîka adirê Mazlûman?
Û do senîn bibo mûndîya miyanê de Zîne
Ya ki bi çar xinçêranê netewdewleta
Çar dirbetî abiyayê û sole debiyaya ê dirbetan
Û miyane pro ameyo şiktene
Û ziwan! Ziwanê ci
Erjo ki vergan feka verdaye yo
Rengê ci yê debixnayeyî
Do senîn biresê ahenga xo ya xozayî?
Lalî do senîn bi ziwan kewê
Û xo biresnê ziwanardena awazêne

Ya Evdalê ZEYNÎKÊ.
Bi dêran û vengvajana
Kerm û kêzikanê cuya bi bêriya degrotê
Zerriya Edûle ra besterê
Eki hewldayenî no darax de bê
O wext, welatê mi Kurdistan
Do bibo cinnet
Leym û lêsê talanan ra şite.

10.07.2001

ŞEWLE

Pancêsê aşmî, aşmîya pancêsî
Zerrî de kozê adirî, zerri de koyo adir ra.
Aşmî pancês de teqneyê. Xilawe zê.
Xilawa dejê komkiştenan ra
Mezgan de bîbî dirbeta leymgirotê.
Teqê û seliqê/newayê terteleyan ardî ziwan.
Ê seliqeyan dejê pîzeyanê diganan
Yê bi singuyana aqelişyayî bi cenayêne.
Cenayena her seliqe de newedera,
Xolinciya aloziyan da tever.
Bi şewleyê vernîvînayenan.
Pê ra weçînayî; kakilê erjan
Û xilteya mexsedan.
Mexsedê ki nijîneyayî bi.
Ci miyan de
Şewle bî vayê gurkerdena adirê xosereyî.
Û hissê roterdeyî aw dayêne.
Kozê adirê terteleyanê
Dêrsim, Agirî, Zîlan, Qoçgirî, Helebja,
Roboskî, Newala Qazanê, Kortek û Şengalî
Newe de ra, bi xo ver ro dayena
Bi hêzê Ahûra Mazda ya,
Wela xo ra peyda bîyo, ser di şîyo.
Wela/herra Kurdistanî ser o
Vîno bi adir ra
Adiro ki name ci ra şoyayo, bêdûman o
Kakilê ci de vîrdozî ya hezarserra.

Newê nimite ya.
Pêşiyaya perçênanê zerriyan ro
Lîlikanê çiman de
Şewqo omidên.
Vînayîyanê xorîyan de
Nameyê Egîtan.
Omidî sewle da pancêsê aşmî
Pancêsê aşmî şewle da omidî
Silvereyê zilmî teqa.

2014

MEXSED

Deyîrî/dêrî vajiyayî
Hesreta to ra peydayî.
Dêrî vajênê
Bi venganê ki
Hesretanê pindosiyayan miyan de vilêşîyayî.
Şîirî nusyênê bi hêmayanê ki
Çimanê/çimeyanê îniyanê to pro peysayî.
Û janê hesreta to ra parzûn kerdeyî.
Têmayê ci bî vewrinî; omidî ray fînayî
Heybetê ci ver tembûranê talan
Newayê hesrete cenayî.
Bilbilan hesretanê to ver
Zengarê têlanê tembûran de
Pûngalê newayan ronayî
Tede mexsedan wanenê
Bi tersê seydwanan yê cehdê tîkeyên
goştî de.

Birrî veşnayî.
Tede bilbilî şîrqenê
Hesreta Gule de zerri pro helisyayî.
Tede bilbilî wanenê
Sînayena gule rê temenfedayî.
Rezanê to miyan de guldanê pirênsûrî
Ayamê zorakî ro pirên dirnayî.
Rengê ci şewle danê ayam to yê newî ro.
Raya xosereyî de

Mojndarê serkewtene, ray kudênenê
A raya ki sûreyî miyan ra vijyê
Sûreyî miyan ra ravêrena
A raya ki mezgê jewrengeyî de
Ceneyaya sipe û siyayi ro de
Raywanê miraz dê to kaşan pencûriknenê
Destan de cedewî
Nenguyan vero kewrincê cehdî
Têwgêrayena mirazê to ya hewtrenge de
Raywanî mukurxane de. Nêlebayênê.
Ci dest de peymitokê ehdanê cangoriyan
Verî ki mexsedî mezgan de bikarê
Û zerriyan de pûngalî ronê
Cehdê xo danê parzûnê heqîqete ro.
Deraxê raywaneyî kariteyiya serkewtene
Verî ki bi ray kewê
Bi şikê xinçêrîya Beko Ewanî ya
Miyaneyê xo peliknayî.
Seweta ki bêwext û fekû rî.

Nêrafîneyê û goniya ci
Gulan bêwext nêawdê
Terişanê egeranê cu
Bi cehdê xo ver ro dayena pencûriknenê.
Mexsed;
Ariq rijnenê ki gonî nêrijnê.

24.06.2014

VA KARIT

Herûna vatenanê verênan de
Bi hêmayanê zûrayana
Rîwayetî mûneyayî
Mezganê terteleyan ra reyayan ro.
Herûna ziwanê may de
Bi hêmayanê gonî de miloqnayana
Estanikê zûrayî
Mûneyayî zerriyanê xewirnayan ro
Dej yê incanê/dirûnanê pîneyan.
Pîneyê ki kariteyiya gonî miyan de helisyayî
Bi vîrardenê ki pa
hewnê qirnan/nesilan remneyayo ya
Bi terteleyê ki kundî dayê bermî ro ya
Mêjû amê dîmlaştkerdene/varakirin
Mêjû ya bi ariq û goniya dapîr û bapîrana
Mêjû ya bi cehd û rencê erjiyayana
Şikeftan de, stargehan de, ziwan û
zerriya dayikan de, pawitgehan de
Cuya qorîkerdê ya dewan de.

Mûneyê toximê kariteyi ro.
Ci ra kelehe/dize ya kariteyîya
vernêşiyayê/têknêşiyayê nijîneyê
Dêsê a dize de xerc
Ariq û goniya xodawendî
Miyanê a dize bî mûndiya dapîr û bapîrana piştê
Herûna şopanê cigeyroxan de
dalpeyê gonî;

Hîmê mêjûya kariteyî
Zerqê rojî, germeya tîjî, roşnayîya
Şewdirî cehdo polayîn
Û vîno/ îradeyo adir ra peydakerde
Jew bi jew hok bi hoke, gire bi gire
Bi hersanê çimanê dayikan
Bi ariq û goniya ewladan vijyayî
mabên.
Ayamo ki tede nefes
Bi berdêlanê goniya gêriyayê de
Kewti raya ki omid pro deyabî vinîkerdene.
Raya ci ser o, bi destê hûtê hewtsereyî ya
Va kariyabî
Raya ci ser o sînorê têlênî
Têlê teliyênî, teliyê ki tede
Mayinî kariyayî bî.
Awa siya çarneyêbi çiman ver
Ayam de sixleteyî, ayam de mijxele

Ci dest de teniya îrade
Ci lepan de cehdê karitena toximê xoverodayene.
Verê ci vera koyan
Raya telî û mayinî pro kariteyî de
Warway/xwasî kewtî ray.
Zerrîdayoxê vervistene û serkewtene
Wareyo ki va kariyabî de
Kozê adirê xincikan miyan de
Warway ray girotêne

Nengû ra sere dejê veşnayena zerri
Veşnayena welat û erjan
Ê dejî ver
Siyanê Qerejdaxî; alawiteyê goniya
dapîr û bapîran,
Ci ra kewrine girot
Sînayenê şiwaneyanê Qerejdaxî awdayî
Dilqê xapênayene jew bi jew fineyayî.

Reşemî 2010

Û CINÎYENA BÎNE

-I-

Pûngalê ci Îştare ra mîras
Bi werdîvaranê dayiksalariyî ya
Aheng û hamaratê xo
yê cinîyeyî awdana.
apêdayena debarî.
Lebayena. Têwgêrana, ser o lerzena
Ki bi hissanê dayika biba
şopdara Îştare;
Wayîra îcadanê tewr verênan
Paydakerdoxa sereke
Ya egeranê cuya komelkî.
Keybanû yê! Haydar bi!
Haydar bi gula bi renga dayika
xo de akerdê,
Û linganê mêjûya zimbêline bin de
piloxyayê.
Ame! Oyo yeno! Çimsûr o
Winiyayen/Niyadenanê ci ra
Çîkê adirî perenê.
Çimşayê! Çimanê xo ci ra bipawî.
Ame! Oyo yeno!
Wectirş o, murûztal o, bêfesal o
Şewledayê wecê xo ci ra bipawî.
Ame! Oyo yeno!
Destên de desteya hêncetan
Desto bîn de?
Dilqê dirîyeyî;

Miyanramiteyî (navajo) ra mendeyî.
Ci mezg de laşê hucreyan
Bi azweriyana degroteyî.
Destegulê gerdenê xo bipawî.
Ame! Oyo yeno! Destên de asin
Miyanramiteyana tûjkerde
Desto bîn de lûliya asinêne.
Bi peymitenanê serdesteya zimbêlane degrote.
Ci ra "Adirê sînayene" pekêno.
Ocaxa/kana sînayene ganê xo bipawî.
Ame! Oyo yeno!
Destlerzok o, venglerzok o, zerrihezok o,
Zimbêlboq o, adirê azweriyan de
gêjgerok o, çimbeloq o
Û hetanî peynî tersok o.
Çimê ci teniya bi to: wayîra zerriya nizme
birneno.
Aqilê xo girmikan/nûncikanê xo de kom kerdo
Zendxasekê zendanê xo bipawî.
Ame! Oyo yeno!
Bi xincikanê gerdişana
Û bi lewaziya modernîteya
ameyo sûrkerdene.
Û dindanan qirîçikneno.
Dindanmircanê dindananê xo bipawî.
Lewhingimênênê lewanê xo bipawî.
Ame! Oyo yeno!
Biyo zey perê bêzgileyî

Û kewto vayê xezebî yê hissanê xo ver.
Beno ki xumar kay kerdo!
Rindeya to behs.
Beno ki karmendê xo ra tehda diya
Beno ki axayî ra
Do hêrsê xo to ser di tever do.
Hêgaya bereketî.
Kana cu mexlê xo bipawî.

-II-

Ez vengên biyayê, mi haydar kerdayê
Sewtên biyayê aya kerdayê.
Apêdayena deyîrvajan de kerdayê.
Apêdayena deyîrvejan de newa kerdayê.
Û heme ciniyanê dinayayî rê
Bi notayanê xoserî ya diyar kerdayê.
Keybanû yê.
Xodawendê,
Hêgaya cu
Hênceta cuyena
Ya ki cinneti xo lingan bin de hewênena.
Hîrê çî estê ki ganî ti xo ci ra bipawê!
Û têverê ci de wayîra helwestêna
rayvistê bê;
Xezebê desthilatdariya zimbêline
Gonîserdeya wayîrê zimbêlan
Û sînayena çimsûre ya zimbêlan.
La ez se bikera?
Omid û waştenî qîm nêkenê ki
Dindanê tûjan yê camêrdî

Destanê asinênan yê desthilatdarî bişikna
Û adirê "Sûreya sînayene" hewna kera
to ci ra bipawa
Teniya ti şena! Bi xorayvistena
Nê qaxwîyê kiştena cinîyêna bine
Mi zerrî ra besterê.

-III-
Û ciniyêna bîne. Bajarêno bi nam û veng de
Kuçeyêno hewtreng de, keyeyêno zor teng de
Bi fekê kardiyan û satorana
Bi xinçêrî û kardiya keyana
Bi layê Muya Biza Nasirayî ra
Amê werdi werdîkerdene; tîka bi tîka...
Bi gileyê aye, yê ki "sînayoxê" xo rê
bîbî bezi
Pa amê fetisnayene
Û ciniyêna bîne!
Bi resen/werisana amê girêdayene
Weş û gan, zey palilan debiyê korbîr
O ki bi destê kalik û piya amebî kendene
Û cuya gerdûnî ra cuyêna bîne; Medîne Memî
kemeyê.
Adanêno bin do cu nêwelidno
Adanêno bîn bêveber/mexl verdeya
Û ciniyêna bîne bi nameyê...

11.08.2010

VEWRE VARENA

Vewre varena. Atmosfere sêmêne
Pelweyî tîranê çiman dê to ra
Zerriya mi tîrvaranî de
A xasekeyî ver çimê nêabênê.
Esteyê mi çirenê
Giliyanê çiman de resmê to
Mezg de sêwirînê şadiyeyÎ
Xeyalî cigeyrayoxê ê bedenî
Zerri gi germeya toya degênê
Riyê toyo ki tim hiwate de
Çiman vero kitabo akerde
Û deftero dest pey nêkerde.
Wendenê pirozî, nustenê pîrozî.
Damaran de murekebê
sînayen da to herikêno.
Wanena nêwanena peynîya hesrete nîna.
Nusnena nênusnena peynîya waştenan nîna
Pêlê derya dê pêyaşabiyayene
danê halên dê zerri ro.
Jan dê hesrete ver telazikî qilayênê.
Hilmê to ra vayê wesarî
Germeya to ariqê pêya şa biyayene
fineno hissan ser
Mijeyî rî dê to ra xeman
Birweyî mijangan dê to ra
Pelweyanê vewre deriwenê.
Têlan dê ê porî ra

Dalpeyanê kederan besterena.
Xeyalê benê mêsê hingimênî
Ziwanê to ra hingimên koçenê.
Destî benê arêkerdoxî
Bedenê to ra mêjuya sînayene apêdanê.
Û veran de viyariyan şiknenê.
Pistinan ra tamê cu koçenê
Serê memikan ra çeyleyê adir dê sînayene.
Debarê viyariyan
Lomeyî benê kureyê adirî
Kozê adir dê sînayene pif kenê.
Mijey û birweyî, lewî û ziwan
verî û pistinî
Defîneyênê wenden da mi miyan
Wanena nêwanena waştenî nêqedênê
Vewre varena
Pelweyan de ti hiwena
Atmosfere sêmêne.

VERPERSE

Nika min ra pers bikerê û vajê ki
To ê rojan ra çiçî resna roja ewroyêne
Verpersa mi bêvengeya mi de gulvang
Rûmetanê şar dê mi de nimiteyê
verpersê min.
Verpersa min
Siya hîmê qezencan dê şar dê min de xerc
Şarê min
Wayîrê çirrik da mêjû
Ci ra toximê şaristanî
rijyayo parzemînan ro
Nika min rê vajê ki
To ê rojan ra çiçî karit vîrardenan ro.
Verpersa min hêgayê hiwatena rojî de
aj.
Bermiyê domanan/qeçan de ehd
Linganê warwayan de postalê pîneyênî
Ê linganê domanan dê
Ki siloyanê bêwayîran ser o resayê
Û her şewdiranê bi nano wişka,
Bi tijîya Rojî ya omidê xo gird kenê,
Ferasetanê xo şiwenê
Û raya koyan de afinenê.

11.04.2009